Maurice Gendre & Jef Carnac

Les Nouvelles Scandaleuses

Maurice Gendre & Jef Carnac

Maurice Gendre a collaboré au Gri-gri international, à la revue Tant pis pour vous (TPPV), à B.I (ex-Balkans Infos), et il a été rédacteur en chef du webzine Ring.

Les Nouvelles Scandaleuses

Première publication : Le retour aux sources, 2009

Publié par Le Retour aux Sources

www.leretourauxsources.com

Remerciements :
Merci à nos premiers lecteurs,
David, Lucas, François

Avertissement :
Ces nouvelles forment un tout cohérent. Pour ne pas se méprendre sur leur sens, il est recommandé de les lire dans la continuité, et intégralement.

Cela dit, on peut aussi les lire séparément, si on veut se méprendre sur le sens.

« Cette belle armée allemande,
vous l'avez traînée dans la merde ! »
Le professeur Choron, à Gourio et Vuillemin,
après la publication de « Hitler = SS »

Préface à la deuxième édition

Par les auteurs

C e petit livre est une plaisanterie potache commise, entre 2008 et 2009, par deux amis que leur époque ennuyait.

C'était le début du quinquennat de Nicolas Sarkozy. À l'époque, la France était pitoyable, mais elle restait drôle. Elle n'était pas encore devenue ce qu'elle est désormais : un pays qui fait peur. Un pays dans lequel nous n'oserions sans doute plus plaisanter en public, comme nous le faisions alors.

Maurice allait vers ses trente ans. Il amenait le point de vue d'une jeunesse désabusée et bien informée. Jef venait d'avoir quarante ans. Il pouvait se souvenir de la France de son adolescence, du professeur Choron et d'Hara-Kiri. De la rencontre de ces deux plaisantins sortirent les Nouvelles Scandaleuses.

Tous les textes sans exception ont été rédigés dans des brasseries parisiennes, entre deux pintes de bière. Dans certains passages, on discerne en arrière-plan l'écho atténué du fou-rire qui secouait les rédacteurs. Le moins qu'on puisse dire, c'est que nous ne nous prenions pas au sérieux.

L'ultime gag est qu'à notre grande surprise, la réalité nous a en une décennie bien souvent rattrapés, et même dans certains cas dépassés. En quelques années, notre monde semble s'être modelé bizarrement sur la caricature que nous en faisions. Notre Gogolène Princesse n'était pas

Ségolène Royal : sans le savoir, nous décrivions Nathalie Loiseau ! En rédigeant « Tous immondes ! », nous pensions décrire un mode de pensée si odieux que personne n'oserait l'appliquer à l'Afrique. Aujourd'hui, les animalistes les plus délirants sont à deux doigts de le mettre en pratique en Europe même !

Mais nous nous refusons à tout pessimisme. Notre réponse était alors bien française : nous *déconnions*. Et c'est très exactement à cela, à une bonne vieille *déconnade* à la française, que dix ans plus tard, nous convions toujours nos lecteurs.

Alors installez-vous confortablement dans votre fauteuil. Écoutez avec nous le bruit de fond d'un café parisien pendant une soirée paisible. Les attentats de 2015 n'ont pas encore eu lieu. La France va mal, la planète va mal, mais pas aussi mal qu'aujourd'hui. On peut encore *rigoler*.

Imaginez que vous êtes avec nous dans ce bistrot, servez-vous un verre et détendez-vous.

La conversation, on s'en charge…

L'odyssée du Richistan

« *Ach, chai troufé* ! »

Ulrich Mengeler bondit et, se ruant au tableau, il compléta l'équation sur laquelle il butait depuis bientôt trois ans.

Puis il s'assit et, pleurant des larmes de joie, il contempla la succession de chiffres et de lettres qui allait définitivement bouleverser la science indo-germanique mondiale.

Au bout d'une bonne heure de méditation nietzschéenne bienheureuse, il se releva, s'empara de son pardessus de cuir noir, mit son chapeau également de cuir noir, enfila ses gants, toujours de cuir noir, et faisant sonner ses lourdes bottes cloutées, il se rua à l'extérieur de sa villa.

Vue des hauteurs, Santiago scintillait dans la nuit d'hiver. Mais le professeur Mengeler ne s'attarda pas à observer le firmament étoilé. Il se précipita vers sa Volkswagen 1938 vintage et pied au plancher, il fila vers l'aéroport. Là, il se rua vers un guichet de United Airlines. Il brandit son passeport français made in CIA au nom de Gérard Dupont, et d'une voix cassante, il ordonna : « *Un pillet pour New-York la cosmopolite, premier tépart* ! »

Douze heures plus tard, il franchissait les portes fastueuses de la Baruch Bank, sur la Cinquième Avenue. On l'entendit murmurer, alors qu'il traversait le hall : « *Tes Talles zuperbes, Tes colonnes machestieuzes, ach ! Zi tous les Chuifs afaient autant dé goût...* »

*

David R. Baruch III observait son visiteur d'un œil intrigué. Il lança avec un fort accent yiddish : « *Z'êtes certain que ce shekel pi flotter ?* »

« *Jawohl, Herr Major.* »

« *J'vous priviens il a rien d'y spicial. Je l'i rameni d'mon dernier séjour à Eilat.* »

« *Kein problem, Herr Major. Che peut faire vlotter zette pièce dé monnaie, et ché fais lé prouver.* »

Mengeler s'empara du shekel et le déposa précautionneusement sur l'étrange dispositif qui lui servait de couvre-chef – un casque surmonté d'une pointe agressive, autour de laquelle s'enroulait une spirale métallique complexe et scintillante.

Puis il fronça les sourcils, à la façon d'un homme qui réfléchit intensément.

Pendant une longue minute, il ne se passa rien, et David R. Baruch III esquissait déjà une mimique amusée, quand soudain, mystérieusement, la pièce de monnaie s'éleva dans l'air, de quelques centimètres, au dessus du crâne du savant allemand.

Sidéré, Baruch surgit et s'approcha à petits pas rapides.

Perdant soudainement son accent, il s'écria :« *Mazel Tov ! Ma parole ! L'argent, elle flotte ! Rachel, Salomon, tout le monde, venez ! L'argent elle flotte ! L'argent, elle vole ! Venez voir ! C'est pas croyable.* »

Attirés par les cris de leur employeur, père et mari, Rachel Baruch, Salomon du même nom et tous ses frères jaillirent de l'antichambre où ils s'étaient tenus jusque là.

David R. leur désigna d'un doigt tremblant le shekel qui voletait de part et d'autre, tantôt haut, tantôt bas, autour du crâne de Mengeler.

« *Mais comment réussissez-vous ce prodige ?* »

Mengeler esquissa un sourire de triomphe.

« *Très simple, cher monsieur Baruch. Das ist la science !* »

David R Baruch était un homme qui savait investir dans les grandes affaires. Assurément, Mengeler en était une. Se tournant vers sa femme, il lui ordonna : « *Rachel, va chercher des verres et une bouteille de champagne. Et pas du mousseux, hein, du champ' de chez Roderer ! Rien n'est trop bon pour ce bon monsieur Mengeler !* »

Puis, tandis que sa femme filait chercher le magnum, il se pencha vers son fils et murmura : « *Poï-poï, on a bien fait de lui sauver la mise en 45, à celui-là* ! »

Mengeler, végétarien, ne toucha pas aux canapés préparés par la bonne sri-lankaise de madame Baruch, mais il sabla volontiers le champagne avec le banquier qui, depuis vingt ans, avait financé ses recherches dans la plus grande clandestinité. Ce soir-là, les deux hommes, pour la première fois s'aimèrent sincèrement, eux qui s'étaient rencontrés dans des circonstances tragiques, vingt ans plus tôt, à la fin de la Seconde Guerre Mondiale, à l'époque où Mengeler essayait en vain d'expliquer aux Soviétiques les charmes indécelables de ses expériences thermiques sur les prisonniers de guerre. Ce fut une soirée passionnante entre deux hommes qu'avaient opposés quelques menus détails de l'histoire, et qui se retrouvaient enfin, après une longue attente, dans un rêve commun, dans une volonté de puissance parfaitement réunifiée.

« *Nous devons prévoir un financement massif,* » expliquait Baruch.

« *Jawohl ! Kolossal !* »

« *Ne vous inquiétez pas, je vais mettre le paquet. Tous nos amis politiques vont nous aider. Et beaucoup ne le sauront même pas.* »

Le banquier décrocha son téléphone et d'un index nonchalant, il composa un numéro que Mengeler n'eut pas le temps de noter.

« *Allô, Dick ? C'est ton ami Baruch, ça va ? Bon, dis-moi, j'aurais besoin qu'on aménage un peu les règles pour la création monétaire. On peut se voir demain ? Quand je veux ? Pas de problème. Le temps de rappliquer à Washington, dis à ta charmante épouse de préparer les cookies comme elle sait faire !* »

Mengeler attendit que Baruch ait raccroché pour glisser, d'une voix hésitante : « *Et vous croyez que les populations vont accepter l'effort nécessaire ?* »

David R. haussa les épaules.

« *Bah, on vendra ça comme moderne. J'ai des gars qui travaillent là-dessus de toute manière. Des pointures, Hayek, Friedman, c'est des bons, ils sauront faire. Et si ça coince, t'inquiète. On testera chez toi, au Chili. Tu te souviens du gars que tu m'as présenté, Augusto ? Il est bien, ce petit... Ne t'inquiète pas des détails, fais la science ! L'intendance, ça suivra !* »

Mengeler hocha la tête en signe d'assentiment. Puis il murmura, comme s'il avait peur de l'énormité de ce qu'il allait dire : « *Pour faire flotter la cité de nos rêves, un milliard de cerveaux au moins !* »

*

En 1945, quand les Soviétiques capturèrent Mengeler, il leur raconta une histoire à laquelle ils ne crurent pas. Il était question des rêves d'Adolf Hitler, et de la véritable localisation de la future Germania, cette capitale idéale que tout le monde avait cru devoir remplacer Berlin. Mengeler affirmait qu'il n'avait jamais été question de la construire sur l'emplacement de la capitale du Reich, qui devait durer mille ans et n'en dura que douze. En réalité, Hitler voulait que Germania fût une cité *volante*, capable de surplomber la terre comme le Surhomme doit surplomber l'humanité.

Les Soviétiques n'y crurent pas. Quand ils découvrirent le laboratoire de Mengeler, et les quatorze mille cerveaux stockés dans les mystérieuses chaînes à produire les ondes cérébrales, leur sens de l'humour fut pris en défaut.

« *Si, si, je vous assure,* » leur expliqua Mengeler, « *notre grand dessein était celui-ci : faire flotter le métal en le saturant d'ondes cérébrales captées sur les intelligences inférieures, afin de le soumettre entièrement à la volonté triomphante du Führer.* »

L'officier du NKVD qui instruisait le dossier Mengeler faillit classer top-secret les interrogatoires du savant allemand, mais finalement, persuadé d'avoir affaire à un simple illuminé, il accepta de partager les minutes de ses conversations avec ce demi-fou dans le cadre des échanges d'informations entre anciens alliés, en ces mois étranges où Soviétiques et Américains se répartissaient aussi équitablement que possible les savants allemands. C'est ainsi qu'un des hommes de Kissinger, chargé d'un aspect secondaire dans l'opération paperclip, put prendre connaissance du témoignage proprement hallucinant de Mengeler.

Ce jeune agent de l'OSS, David Baruch, était un esprit curieux. Un autre aurait haussé les épaules devant des propos aussi loufoques, et classé le dossier sans suite. Mais Baruch avait une intuition surdéveloppée. Il comptait de nombreux physiciens et toute sorte de savants parmi ses amis, et un échange de câble avec Los Alamos lui permit de vérifier que la théorie apparemment délirante de Mengeler ne l'était peut-être pas autant qu'il n'y paraissait.

Faire flotter une cité entière de métal dématérialisé, logée sous une cloche d'énergie pure qui la soustrairait à tous les regards, et de là, régner sur la matière par l'esprit ? Fantasme ? Folie ? Pas nécessairement. Le stockage des ondes mentales était possible, et une certaine quantité d'ondes emmagasinées pouvait réellement agir sur la matière. Par conséquent, un esprit capable de diriger les ondes mentales de très nombreux autres esprits pouvait se rendre maître de la matière – c'était théoriquement possible d'après Robert Oppenheimer, Walter Lippmann et Edward Bernays, les amis que Baruch consulta pour ce grand dessein en devenir.

En échange d'un spécialiste dans la culture des pommes de terre sous engrais, les Américains rachetèrent donc Mengeler aux Soviétiques. Puis, pendant plus d'un quart de siècle, le savant allemand fut laissé à ses travaux, dans le secret le plus absolu, près de Santiago du Chili. De temps à autres, Baruch et quelques-uns de ses hommes liges venaient s'assurer de l'avancement du chantier, sans vraiment comprendre de quoi il retournait. Mais jamais les crédits ne furent taris – de toute manière, par rapport aux moyens dont disposait un homme comme David R. Baruch III, les besoins de Mengeler étaient dérisoires.

Enfin, comme nous venons de le voir, par un soir d'août 1971, le Herr Doktor Mengeler débarqua à l'improviste chez David Baruch, et c'est une humble pièce d'un shekel qui servit à la démonstration la plus décisive de l'histoire de la science depuis la fission nucléaire.

L'esprit pouvait faire voler l'argent !

Il suffisait de capturer une quantité suffisante d'ondes cérébrales pour faire léviter tout le stock d'or de Fort Knox. Moment décisif ! Les deux premiers témoins du vol du shekel, celui dont l'esprit soutenait la monnaie et celui dont l'œil en suivait les circonvolutions, réalisaient ce soir-là chacun un rêve qui leur était propre. Pour le banquier David R. Baruch, le vol du shekel était le signe que tout devenait possible *à* l'argent, et qu'à travers l'argent, lui, le banquier, acquérait la faculté de stocker et de capitaliser sur le flux mental de ses semblables. Pour le scientifique Mengeler, c'était l'accomplissement d'un projet qui avait été avorté un quart de siècle plus tôt, et qui ouvrait des perspectives inespérées jusqu'alors.

« *Je vous promets,* » lui avait garanti Baruch, « *que vous aurez votre grand laboratoire dans la cité volante où nous allons nous installer, dès que possible.* » Là, grâce à la maîtrise totale de la matière que lui apporterait le capital d'ondes mentales stocké par l'exploitation systématique des ressources terrestres, le savant allemand pourrait TOUT accomplir. Tout ce qu'ils avaient rêvé, jadis, avec ses camarades, à l'institut Ahnenerbe, tout deviendrait possible. L'empire mondial de Baruch pouvait réussir, là où le modeste Reich national hitlérien avait échoué lamentablement. Le Surhomme allait enfin voir le jour !

*

Pour le commun des mortels, les années 70 virent l'abolition de l'étalon-or, la guerre du Kippour, la crise pétrolière, la mégalomanie du Shah, la révolution iranienne et la prise d'otage à La Mecque, l'invasion de l'Afghanistan. Mais pour Baruch et Mengeler, les années 70 furent marquées par une autre histoire, inscrite au revers de l'histoire connue des peuples. Pour eux, l'abolition de l'étalon-or fut l'instant où Richard Nixon se laissa convaincre par les potentialités infinies du procédé Mengeler.

La guerre du Kippour fut lancée à l'initiative secrète de l'émir Fakh, scoop que nous vous révélons trente six ans plus tard. Fakh, qui rêvait d'un yacht volant, d'un hôtel neuf étoiles en lévitation au-dessus de Dubaï, et d'une île artificielle planant en haute altitude au-dessus de La Mecque, décida de faire pression sur Baruch en attaquant Israël, territoire où le banquier juif avait caché une grande partie du métal traité par le procédé Mengeler. L'attaque arabe fut stoppée quand Baruch appela Moshe Dayan pour lui donner le feu vert en vue d'une éventuelle attaque nucléaire. Après négociation, Fakh obtint 5 % des parts de la banque Baruch, sans droit de vote.

La crise pétrolière ne fut pas lancée par les pays de l'OPEP, mais par les compagnies pétrolières, et sa véritable finalité fut de produire un choc économique capable de déstabiliser les pays occidentaux pour pousser les individus à se soumettre aux procédés de captation des ondes cérébrales, que Baruch et ses associés multipliaient à travers la société mondiale.

Le Disco, lancé peu après, n'était pas réellement une musique, mais une émission régulière de pulsations binaires orientant la psyché vers une aliénation toujours plus grande (à l'instar de la techno deux décennies plus tard), et les ondes cérébrales captées par les boules à facettes des discothèques allèrent irriguer des millions de tonnes de ce que l'on appelait désormais chez les Grands Initiés « l'Acier flottant Mengeler ». Comme le déclara confidentiellement Baruch à un Mengeler impressionné : « *Les petits gars de l'institut Tavistock, et tous les behaviouristes, franchement, ils sont bons !* »

Lorsque le Shah d'Iran apprit que Fakh avait obtenu la promesse d'une île artificielle flottant au-dessus de La Mecque, il devint fou de jalousie et exigea une reconstitution du palais de Darius en Acier flottant Mengeler. La révolution iranienne, déclenchée peu après avec le soutien discret des services français, fut conduite à l'initiative de la Baruch Bank pour faire comprendre aux divers potentats moyen-orientaux qu'on n'allait pas leur donner un palais flottant à chacun : il allait falloir qu'ils partagent. En échange de leur soutien, les Français décrochèrent, pour les trois cents membres de leur club élitiste, « le Siècle », des places de cuisiniers dans la future cité volante, et la promesse de pouvoir tenir un joli restaurant au pied du grand building-pyramide en forme de compas.

L'intervention soviétique en Afghanistan fut le fruit des manigances et des manipulations d'un sémillant conseiller occulte du président Carter et de David Baruch, un certain Z. Brzezinski. Comme ce dernier devait l'avouer beaucoup plus tard, dans un entretien accordé au Nouvel Observateur (numéro du 15 janvier 1998), la CIA était en effet entrée en Afghanistan avant les Russes, et ceci dans l'unique but de déstabiliser les factions afghanes pro-soviétiques et ainsi, de contraindre l'URSS à pénétrer en Afghanistan pour rétablir la situation. L'objectif final, à plus long terme, était cependant de contraindre les soviétiques à la Perestroïka, opération dont la finalité réelle fut d'ajouter 300 millions de cerveaux – de bonne qualité ceux-là – à la réserve d'ondes mentales utilisée pour le projet Mengeler. Le futur oligarque Roman Krakovski, alors responsable du ramassage des ordures à Krasnoyarsk, vaguement contrebandier d'essence et accessoirement cousin éloigné de David Baruch, fit partie du groupe secret qui organisa, après l'échec soviétique en Afghanistan, d'abord le sabotage de Tchernobyl, ensuite la nomination aux plus hautes responsabilités d'un obscur apparatchik venu de la lointaine Russie méridionale, Michael Gorbatchev – lequel avait pour mission, plus ou moins à son corps défendant, de liquider le système soviétique, jugé incapable de générer et de collecter les ondes mentales en grande quantité, faute de maintenir les cerveaux suffisamment sous pression.

À partir du début des années 80, le projet Mengeler avait suffisamment avancé pour que les premières expériences de lévitation massive soient conduites. Sous l'impulsion d'un acteur de western de série B engagé après un casting impitoyable, Ronald Reagan, les USA devinrent les premiers producteurs d'ondes mentales stockables, talonnés de très près par leur premier allié, la Grande-Bretagne, dirigée par une fille d'épicier, Maggie Thatcher – laquelle avait été, dans ses jeunes années, fille au pair chez Baruch. La production d'ondes mentales était maximisée grâce à la tension nerveuse dans laquelle les anglophones étaient entretenus, tant par le travail, toujours plus stressant, que par la consommation, toujours plus prégnante.

La télévision, toujours plus envahissante, permit un premier essor de la production de jus de cervelle, mais bien vite, avec les jeux vidéo, puis l'Internet, la collecte du fluide mental atteint des proportions absolument gigantesques –

au point que même Mengeler et Baruch en furent estomaqués et ravis. Oui, vraiment, Miss Maggie et Ronnie le cowboy firent un superbe boulot ! – Baruch donna d'ailleurs leur nom à deux avenues de la cité volante.

Les hispanophones ne constituaient pas une réserve d'ondes mentales de la même qualité que les anglophones, parce que les langues latines ne permettent pas le même niveau de lobotomisation qu'un créole mal digéré comme l'Anglais, tel qu'il est parlé aux USA. Cependant, les besoins du projet Mengeler étaient tels, qu'il fallait impérativement mettre en coupe réglée la totalité de la planète, pour saturer d'ondes suffisamment de métal.

C'est pourquoi, après avoir bien servi les intérêts américains, les généraux Videla et Viola, moins performants que leurs collègues le gentil Augusto au Chili et le sympathique paraguayen Stroessner, furent remerciés de leurs bons et loyaux services, en bonne et due forme, par une guerre, dite « des Malouines » (et dire qu'on trouva des imbéciles prêts à mourir pour les Malouines…). Après quoi, une fois l'Argentine rendue à la démocratie, de puissants réseaux de collecte d'ondes mentales furent installés dans le pays, jusqu'à ces années bénies que tout mondialiste néolibéral chérit sans limite, à savoir celles du duo Carlos Menem – Domingo Cavallo. Pris en tenaille entre une injonction de consommation toujours plus grande, et un niveau de vie toujours plus sapé par des privatisations sans cesse renouvelées, et encouragées par le FMI, l'Argentin moyen, constamment au bord de la crise de nerfs, devint un merveilleux producteur d'ondes mentales sur-stressé.

En Europe et en Russie, après la liquidation paisible du modèle français par François Mitterrand, qui acquit au passage un droit de séjour permanent dans la cité volante pour sa nombreuse progéniture légitime (ou pas), après aussi la liquidation moins paisible du système soviétique par Gorbatchev, la collecte des ondes mentales put commencer avec rigueur, efficacité et selon un processus optimisé par les libres forces du marché. C'est en Russie qu'apparut cependant la première faille dans le processus, quand il s'avéra que les structures extrêmement complexes de la langue slave, ainsi que les sinuosités cérébrales des hommes et femmes de ce peuple rétif aux concepts venus de l'étranger, faisaient que la captation du flux mental était constamment perturbée par des espèces de grumeaux, non solubles dans les dissolvants habituels, consommation, ostentation, féminisation, fascina-Sion, franc-ma-Sion, etc.

En août 1991, des putschistes, des apparatchiks furieux de s'être vu refuser l'entrée de la cité volante, sous prétexte que leur livraison d'ondes mentales était trop faible, décidèrent de faire capoter le projet qui avait pourtant si bien commencé. Ils échouèrent.

C'est alors, mais ce n'est que plus tard qu'on s'en rendit compte, que se produisit le petit fait, a priori insignifiant et anodin, qui allait décider de l'issue de l'histoire. Le projet, en Russie, ne put fonctionner exactement comme Baruch l'avait programmé. Certes, on trouva facilement un apparatchik prêt à collaborer, en échange de dix barriques quotidiennes de vodka, un certain Boris E., un alcoolique recruté dans une cité de l'Oural. Mais dès cette date, des groupes, au sein des classes dirigeantes russes, commençaient à comploter. Décidément, la mauvaise qualité des ondes mentales slaves interdisait aux oligarques moscovites ou pétersbourgeois d'accéder en masse à la cité volante de leurs rêves. Parmi ces groupes, un obscur colonel du KGB, qui avait servi en Allemagne et rencontré à cette occasion des agents du projet

Mengeler, commença à jouer un jeu étrange, se mettant en avant comme le meilleur défenseur de ce projet en Russie, tout en donnant discrètement des gages à la partie opposée. Ce colonel, un certain Vladimir P., qui avait parfait sa formation politique à la municipalité de Saint-Pétersbourg, resta longtemps inconnu du grand public, demeurant prudemment dans l'ombre de Boris E., dont il se voulait le plus fidèle allié. Nul ne le savait, mais les engrenages du destin venaient de s'enclencher.

Tout le monde n'avait pas les problèmes des oligarques russes, que Krakovski chapeautait comme il le pouvait, et donc plutôt mal. Aux USA, l'affaire allait pour ainsi dire comme sur des roulettes. Peu importait le locataire de la Maison Blanche, qui de toute manière ne pouvait qu'obéir à David Baruch, étant donné les dossiers que ce dernier avait collectés sur chacun des politiciens importants en place à Washington. Le banquier se plaisait d'ailleurs à dire : « *Je tiens tout le Capitole par les couilles, et si quelqu'un n'a rien à se reprocher de ce qu'il fait sur le bureau, je m'arrange pour qu'on parle de ce qu'il fait* sous *le bureau !* »

*

Ainsi, en 1997, quand éclata la crise du Sud-Est asiatique, laquelle provoqua quelques soubresauts dans la cité volante, et comme, deux ans après, on se mit à parler avec un peu trop d'insistance de ce qui s'était passé *sous* le bureau, on décida en 1999 de bombarder pendant plus de soixante-dix jours la Serbie, qui avait à sa tête « un odieux national-communiste » (dixit Baruch) du nom de Slobodan Milosevic. L'activité dans la cité volante reprit alors de plus belle, mais ce fut un premier avertissement. À peu près sans frais.

Il est intéressant d'entrer ici dans quelques considérations techniques. Que le lecteur nous pardonne, mais cette brève digression dans le récit est indispensable pour qu'il comprenne l'économie générale de la cité volante.

La cité avait décollé en 1986, lorsque Maggie Thatcher organisa la déréglementation générale des marchés, excellent rideau de fumée pour dissimuler la captation des ondes mentales et la mise en place d'un gigantesque dispositif de compensation, dit « Claire Rivière », dispositif qui permettait de gérer les droits d'accès des oligarques des divers pays du monde à la cité volante, le lieu de tous les fantasmes et de tous les excès. Au départ, tout se passa comme Mengeler l'avait prévu. La cité, assemblée sur une base secrète de l'Antarctique, décolla le 27 octobre 1986, et s'éleva, majestueuse, jusqu'à l'altitude où, conformément au calcul du génial savant SS, et pour le plus grand plaisir du sioniste convaincu et impénitent David Baruch, elle devint invisible à qui ne vivait pas à l'intérieur de ses murs. Une immense masse d'acier saturée d'ondes mentales et portée par elles, disparut à la vue des observateurs, et seul une perturbation de la couverture nuageuse laissa deviner, pendant quelques instants, que les 10 exposant 8 tonnes de métal venaient de percer vers la haute atmosphère. Au sol, David Baruch entama la Hatkiva à bouche fermée, ponctuée par les joyeux heili-heilo de Mengeler, sur le rythme du Hosrt Wesel Lied. Un jeune Texan, du surnom de Dubbya, hissa une imitation du drapeau américain dont les étoiles avaient été remplacées par les insignes de son club d'étudiants bien sous tout rapport, les skull and bones de Yale. Ce fut une véritable performance sportive de sa part, étant donné que le drapeau congelé était alourdi de vingt kilos de glace, et Krakovski qui assistait à la scène, applaudit à tout rompre. Dubbya, jusque là simple imbécile tout juste bon à couler des boîtes pétrolières, un mollasson qui s'était planqué pendant la guerre du Vietnam, et un alcoolique mal repenti, n'avait été invité que par égard pour son illustre géniteur. Mais il se fit remarquer à cette occasion, et comme on le verra plus loin, cet incident somme toute secondaire devait avoir une certaine influence sur la suite des évènements.

La cité s'éleva, s'éleva, disparut derrière les nuages, totalement invisible à présent, et cette Babel de métal hurlant devint, pour des années, la Mecque de tout ce que le monde comptait d'oligarques, de multimilliardaires et de tyranneaux gangsters. Les premiers mois, tout alla donc pour le mieux dans les meilleurs des cieux. Mengeler, dans son laboratoire, heureux avec sa chienne Treblinka qu'il caressait en travaillant, contrôlait l'afflux régulier d'ondes mentales.

« Ach, les Franzais... Ces marmitons... Hum... Jaja, gomme touchours, bonne qualité mais peu de quantités... Ach che vois, en plus, pour konfler les chiffres, ils ont encore pressé de la cervelle d'arabes... Ach nein ! Il y a même du nègre ! Za ne fa pas du tout, za ! Pon, pon, les Américains... Ach, toujours de l'anxiété, neurasthéniques... mais pas beaucoup de qualité... Hum... Ach, les Chinois, chizement prometteur... Il faut quéché tize à Baruch, zé sale Juif, d'augmenter les lifraisons dé Chinois... Par contre, ces zarabes, sapotach, Katastrophe... Ach, Nasser nous manque tant !»

Pendant ce temps, Baruch, qui s'était fait élire président du Sanhédrin de la cité volante, administrait la joyeuse communauté à la satisfaction de tous les participants. C'est lui qui imposa les horaires limites pour les tortures d'enfants à tous les locataires belges de la cité volante, ainsi qu'à tous les oligarques russes nostalgiques du délicieux Béria, afin que les cris des petites victimes ne perturbent plus le sommeil de l'émir Fakh, toujours épuisé après avoir sodomisé un garçonnet, qu'il se faisait directement livrer depuis les bidonvilles de Casablanca. *« La cité volante, »* disait-il, *« pour ce genre d'escapade amoureuse, ce sera toujours mieux que l'Hôtel Ritz ou le George V. »*

C'est alors que Pablo Montanar, super-boss du cartel de Cali, lança un défi à Krakovski, qui n'en revenait pas d'avoir été sacré roi de l'aluminium sibérien. L'enjeu du défi était simple : violer et mutiler plus d'enfants que Fakh, en une seule soirée. Pour ce faire, Montanar fit appel à Omar Bunsesso, un sympathique dictateur africain. En échange d'un approvisionnement illimité en petits n'enfants noirs, ce brave Omar obtint du métal flottant de couleur doré pour son palais présidentiel et ses kalashs de collection – par la suite, et par égard pour sa généreuse contribution, Baruch engagea aussi Malcolm-Luther O'Bama, son fils débile, comme gardien de parking, pour ranger les quinze limousines de métal flottant collectionnées par Fakh avec maniaquerie, pour ainsi dire une question de principe. Baruch, toujours serviable, aida Bunsesso à monter de toutes pièces l'opération « Kids' survival », une vraie-fausse ONG visant à sauver des « orphelins » par l'intermédiaire d'une non moins fumeuse association appelée « La Galère des enfants de Cham ».

Cette drôlatique compétition entre amis donna malheureusement lieu à un incident fâcheux, et qui allait s'avérer lourd de conséquences. Quand Pablo Montanar sortit son sexe de son pantalon de macho colombien trop serré, Krakovski et Fakh éclatèrent de rire, car la verge du sud-américain était beaucoup plus petite que les leurs. Montanar en conçut une rancune certaine, et après avoir remporté le concours grâce à l'activité remarquable de son engin format modèle réduit, il leur lança : « *Puisque c'est comme ça, on va voir qui peut s'acheter la tour la plus haute de la cité !* »

Dès le lendemain, Montanar se rua chez Baruch pour lui acheter cent millions de tonnes d'acier sursaturé d'ondes cérébrales de qualité supérieure. Baruch en fut si étonné que, pour la première et la dernière fois de sa vie, il oublia de négocier le prix. Il se précipita vers le laboratoire du suprémaciste aryen à qui il devait désormais l'essentiel de sa fortune.

« *Mengeler, regarde ce que j'amène. On a gagné de l'argent, l'argent il vole avec toi ! Montanar, il achète pour tout ça, regarde, mais regarde le chiffre sur le chèque ! Compte les zéros, mais compte !* »

Le savant indo-germanique ne partagea pas l'enthousiasme de son nouvel ami – son *nouvel ami* car, bien qu'il vît ce pauvre Baruch comme issu d'une « *antirace maudite* », une étrange affection était née avec le milliardaire Juif.

« *Aber… Davidchen… Z'est un peu… Ach ! Zuviel ! Za me rappelle quand Himmi m'avait passé les chiffres pour la production de V2…* »

*

Ce n'est pas sans raison que le génial savant indo-germanique, s'appuyant sur sa longue expérience de scientifique SS, mettait en garde son ami atlanto-sioniste contre les abus et les folies de leurs compagnons de la cité volante, à commencer par le sympathique narcotrafiquant Pablo Montanar.

« *Mais tu te rends pas compte, Baruch, ce Montanar a la folie des krandeurs ! À forcé dé capter autant d'ontes céréprales, il va encore niquer tout lé système, comme ta kleine Maggie en 87, avec zon foutu bik bank ! Calme ces arteurs dé macho crétin, kompien dé fois ché dois lé répéter, on né peut pas tirer intéfiniment zur les rézources. Propose-lui té zé mettre au rap, on a infenté za exprès pour éfakuer les ontes mentales ! Et ainzi, zé konnard pourra expulser zes foutus phéromones zans mettre en péril toute la cité volante !* »

Baruch avait du mal à saisir les limitations techniques du processus. Il ne comprenait pas que le différentiel, entre le pôle d'ondes mentales positives stockées dans le métal de la Cité volante et le pôle négatif constitué sur terre par l'accumulation des cervelles vidées de leur substance, ne devait pas excéder une certaine limite, au-delà de laquelle les réseaux d'acheminement des ondes mentales pouvaient littéralement exploser et se désagréger, comme des réseaux électriques en cas d'incident majeur mal régulé sur une centrale nucléaire. Cent fois, Mengeler tenta de sensibiliser le spéculateur cosmopolite et apatride aux réalités de l'économie physique de la cité volante. À chaque fois Baruch s'énervait, et il beuglait, d'une voix hystérique : « *Déclenche la génération d'ondes dérivées, et sinon demande aux relais terrestres de faire marcher les planches à neurones supplémentaires ! Ils n'ont qu'à modifier le modulateur comme tu m'as expliqué, toujours plus de tension, toujours plus de jus !* »

« *Très pien, Baruch* », répondait Mengeler, « *mais z'est une fuite en afant ! Tôt ou tard, la tension va dépasser la résistance globale du circuit, on né pourra orkaniser lé délestage, et ché n'ai aucune itée de zé qui zé passera à ce moment-là. Z'est n'est pas prudent du tout !* »

Malheureusement, lorsqu'un commandité entre en conflit avec son commanditaire, c'est le commanditaire qui l'emporte. Les mises en garde de Mengeler ne furent donc pas écoutées par son employeur, et pour continuer à bénéficier de son luxueux laboratoire, le dynamique scientifique SS décida de garder ses angoisses par devers lui.

Progressivement, entre 1997 et 2000, le réseau d'acheminement des ondes mentales donna des signes de dysfonctionnement de plus en plus nets. En 1997, le transformateur de Bangkok explosa au milieu de la nuit, et il fallut que Mengeler, réveillé en urgence, organise en catastrophe un gigantesque détournement de matière grise depuis les autres continents, pour éviter qu'à l'aube, 500 millions de petits hommes jaunes ne se réveillent avec le QI d'un enfant de deux ans. C'est alors qu'un haut responsable du PC chinois, Hu-Jibao, détourna une énorme masse de fluide mental de haute qualité pour rééquilibrer le réseau en catastrophe, sur la demande de Dubbya – lequel devint pour cette raison, en 2000, le haut responsable du secteur de pompage Nord-Américain.

Cela faisait plusieurs années que la Chine, grâce à d'immenses ateliers aux cadences rapides et hypnotiques, pompait des ondes en grande quantité, mais jusque là, le précieux fluide avait été négocié par tranches. Grâce à l'accord conclu en 1997, un réseau structurel fut rapidement développé, et au fur et à mesure que les consommateurs américains se vidaient de leur fluide mental sous l'effet d'un mode de vie toujours plus répétitif et addictif, un contre-pôle à la dimension d'un Etat continent se développa de l'autre côté de l'océan Pacifique. Un centre de compensation très sophistiqué fut mis en place à New York, sur Liberty Street, et dans un fabuleux complexe souterrain de Washington, le jus hautement dilué d'un milliard de Chinois sous-alimentés fut combiné scientifiquement avec le jus sur-concentré de trois cents millions d'Américains sur-nourris pour constituer l'alliage parfait dont le savant SS avait besoin, afin de faire flotter ad vitam aeternam la cité volante du ploutocrate vagabond, David Baruch III.

Rien n'y fit. En 1998, les disputes incessantes entre Fakh, Montaner et Krakovski déstabilisèrent une fois encore, et de façon plus grave, l'équilibre précaire depuis peu rétabli par Mengeler. Le transformateur Long Term Cerebral Medium (LTCM) explosa lamentablement sous l'effet d'une surcharge non programmée – et pourtant prévisible, du fait des exigences démentes des trois comparses.

À nouveau, Mengeler rétablit le courant en catastrophe, mais la Cité volante avait vacillé. Puis, en 1999 et 2000, par à coups successifs, des années « d'irrationalité exubérante » des collectes de flux cérébraux furent soldées, au prix d'une suite d'ajustements douloureux. Des stocks gigantesques de fluide accumulé furent délibérément détruits par Mengeler, pour rétablir un semblant d'ordre dans un système au bord de la rupture. Cependant, toute solution ne pouvait être qu'illusoire, tant les déséquilibres étaient devenus patents entre la réalité de ce que les cerveaux humains pouvaient produire, et les besoins hallucinants de la cité volante. Désormais, la machine pompait tout simplement plus d'ondes mentales que l'humanité ne pouvait en fabriquer, et le système courait à sa perte.

Et c'est alors que les rouages du destin s'enclenchèrent irrémédiablement.

*

Au début de l'année 2001, Mengeler mit son plus bel uniforme SS, celui d'époque, avec la vraie tête de mort dessus, un costume qu'il avait reprisé amoureusement au moins une dizaine de fois. Puis il se rendit au Sanhédrin, pour parler à Baruch.

« Mein Führer, zi ché zuis fenu dans cet antre dé youpins, fous fous toudez qué l'heure est krave. Zi dans la técennie qui vient, nous né chanchons pas les rékles du cheu, nous zommes fichus, et ché m'y connais. Ch'ai décha fécu une cruelle tésillusions il y a 55 ans ! Ché né feux plus connaître le zentiment dé célui qui defait régner pour 1000 ans, et qui zé rétroufe à la Loupianka comme un con ! »

Baruch ne comprenait rien à la gestion des ondes mentales, et le sabir teutono-mengélérien lui échappait totalement. Mais, comme à tous ceux de sa famille, qui était grande (environ 200 foyers), une longue expérience des ennuis, des vexations et des souffrances injustes lui avait appris à rester constamment sur le qui-vive. Il sentit, intuitivement, que cette fois, on était vraiment au point de rupture. Il entraîna Mengeler sur la terrasse, au sommet du Sanhédrin, sorte de nid d'aigle de la cité volante, et lui désignant les mille cristaux de lumière qui éclaboussaient la nuit, il lança : « *Ah, mon cher ami, quand je vois ce que nous avons construit ensemble, je me dis que rien ne nous arrêtera. Dis-moi ce que nous devons faire pour rétablir l'équilibre que nous avons rompu, et je le ferai !* »

Mengeler se mit au garde-à-vous et, imitant inconsciemment le ton qu'avait eu le Feldmarschal Goering pour apprendre à Hitler l'échec de la Luftwaffe à ravitailler Stalingrad, il lança : « *Mein Führer, ché zuis fotre homme, hic et nunc !* » - Mengeler se plaisait à faire des citations latines, parfois – bénéfice d'une éducation austro-catholique. « *Et pour touchours, fous lé zafez ! Mais foilà, z'est très zimple : il faut arrêter les con-né-ries ! On né peut plus aukmenter lé poids dé la zité folante. Il faut réfoir nos plans à la baisse. Ou pien ché prétis la catastrophe, la trachédie. Fous tevez convaincre Montanar, Fakh et Krakovski de zé calmer, zes trois fiottes ! Z'est ça, ou bien il faut esclavagiser la planète entière !* »

Baruch réfléchit quelques instants, puis il dit, d'une voix posée : « *Si la question se pose dans ces termes, la réponse coule de source. Il sera bien plus facile de réduire la planète entière en esclavage que de convaincre mes actionnaires de renoncer à la croissance de leurs tours d'acier flottant ! Je connais les hommes, mon cher*

Mengeler, un banquier les confesse plus souvent qu'un curé. Et je te le dis, il sera moins difficile d'asservir le bétail que de convaincre Montanar et Fakh de renoncer à leur concours de grosses bites – qui sont d'ailleurs toutes petites, en l'occurrence. »

Mengeler en avait vu beaucoup dans sa vie, mais à près de cent ans, l'ancien laborantin de Werner Heisenberg en découvrait encore tous les jours.

« *Gomment ? Les enfants torturés et mutilés ne leur suffisent plus, à zes tapettes ? Pour karder mon laporatoire, où ché zuis zi près de découvrir le chénome du surhomme, il fa falloir zupporter les absurdités de zes Untermenschen pathétiques ? Ad augusta per angusta, gomme on dit. O tempora, O mores, dirais-je aussi !* »

Baruch ne répondit rien. Il regarda simplement Mengeler d'un air entendu.

Alors il se produisit un miracle. Entre le banquier juif qui savait que de toute éternité, l'objet de la vie est l'unification de l'Etre par le fluide mental compacté, et le savant SS qui, de toute éternité également, savait que le sujet de la vie est la construction du surhomme capable de léviter par le fluide mental accumulé, il y eut une forme de transmission de pensée.

« *La puce RFID sous-cutanée !* », lança Mengeler. « *Z'est la zeule solution ! Mais z'est possible ! Efidemment, zela implique qué la planète entière l'adopte. Zinon, za ne marche pas. Il faut qué tout le monde soit dedans, parce que ceux qui zeront dedans zeront tellement crétinisés que les autres, s'ils ne sont pas dedans, né pourront que les écraser. Tout ou rien !* »

« *Alors, ce sera tout,* » commenta Baruch, laconique pour une fois.

Mengeler haussa les sourcils.

« *Mais fous êtes zûr qué tout lé monde, en bas, va nous suivre ? Même zes aprutis dé Russes qui nous ont décha valu tant d'ennuis ?* »

« *On les obligera,* » répondit le boursier errant.

« *Et zes crétins dé juifs, enfin pardon, ché veux dire, tes frères ? Tes corréligionnaires ? Ils font nous foutre la paix, pour une fois ?* »

« *Mes frères, il y en a de deux sortes. Ceux qui sont riches, comme moi, et les autres. Les riches, ils sont ici. Les autres, ils sont en bas. Et, mon cher Mengeler, le Peuple Elu, c'est celui de la cité volante. Ceux d'en bas, ce sont des têtes de bétail comme les autres. Il y a bien ce rabbin casse-bonbon, Salomon Sandowicz, mais ça n'a pas d'importance : au besoin, tes copains nous en débarrasseront. Nous constituons, nous, ici, ce que ce crétin d'Attali appelle, dans ses livres pour imbéciles, l'hyperclasse transnationale privilégiée. Cet idiot ne sait même pas que nous ne sommes pas transnationaux, mais spatiaux ! Il est payé par nous pour faire croire que les Juifs sont la source de la collecte du fluide, mais crois-moi, mon ami, les Juifs, ça n'existe pas. Ce qui existe, c'est nous, toi et moi, la cité volante, les Puissants, les Forts, les Maîtres du Monde, les Omniscients, les Hommes-Dieux appelés à dominer l'Animal-Masse.* »

Mengeler tomba à genoux devant Baruch et s'écria, des sanglots de joie plein la gorge : « *Mein Führer, ché zavais que ché fous rétrouferais !* »

Baruch sourit modestement.

« *Allons, allons, l'autre, ce n'était qu'un piètre imitateur. Tu viens de me découvrir.* »

*

En 2001, la mise au pas de la planète commença grâce à une divine surprise, absolument pas programmée, contrairement aux apparences. Cheikh Laden, un bédouin entrepreneur en BTP et membre de plusieurs conseils d'administration dans l'aéronautique et l'armement, décida de lancer une vaste entreprise de reconstruction du centre-ville de New York. Trois mille esclaves, qui se croyaient libres dans la Grosse Pomme, y laissèrent la vie – mais étant donné l'ampleur du projet dans sa globalité, cela n'avait guère d'importance. Mengeler ne tint d'ailleurs même pas le compte des victimes - de toute manière, il avait arrêté ce genre d'arithmétique depuis la conférence de Wannsee, à partir d'un certain seuil, on ne compte plus !

Unique « couille dans le potage, » comme l'exprima Baruch de façon un peu familière : une malversation orchestrée par un ami de Dubbya, qui avait pris les rênes du pays fin 2000.

Une bande de joyeux Texans, officiellement courtiers en énergie, en réalité responsable d'une station de pompage du projet Mengeler, avaient détourné à toutes fins utiles de grandes quantités de fluide mental. Il en découla une surcharge inattendue dans la cité volante, et ce contretemps faillit perturber sérieusement l'exploitation de l'initiative prétendument autonome de l'entrepreneur pétro-yéméno-saoudite susnommé. Mais grâce à l'abaissement déjà très prononcé du QI moyen aux USA, après vingt ans de pompage Mengeler soutenu, Dubbya, qui pourtant n'était ni une lumière, ni un foudre-de-guerre, parvint à « vendre » la suite des opérations à son peuple crétinisé, et cela sans trop de soucis.

Désormais, de toute manière, les USA en tant que tels n'existaient plus. Ce n'était plus qu'une fiction, consciemment entretenue par les médias aux ordres de la cité volante. Pour donner le change et apaiser le trouble identitaire bien compréhensible du papa de Dubbya, on rebaptisa la cité « USS Richistan », et le tour fut joué. L'Animal-Masse américain, totalement dominé par l'Homme-Dieu Baruch, devait être, selon le plan concocté au Sanhédrin de la cité volante, asservi progressivement par un système d'endettement autogénéré impitoyable. La tension nerveuse qui en résulterait serait utilisée pour augmenter encore les livraisons de fluide mental, et ainsi on testerait les limites physiques de la crétinisation collective. Donc, à partir de 2002, les citoyens US se crurent les membres d'un empire triomphant, alors qu'ils étaient déjà des cobayes dans la matrice-laboratoire du docteur Mengeler.

Deux pays posaient problème à l'USS Richistan : la Russie, parce que ces imbéciles de slavo-orthodoxes regimbaient encore et toujours à livrer du fluide mental de bonne qualité et en quantité décente ; et la Chine, parce qu'elle livrait tant de fluide mental que Mengeler se mettait peu à peu à redouter que les oligarques chinois ne lancent, par leurs moyens propres, une cité volante *à eux*.

Pour tester la Russie, les services de ce qui n'était pas encore l'USS Richistan, avaient organisé, juste avant l'arrivée de Dubbya, le naufrage du sous-marin Koursk. L'objectif était de jauger les capacités de résistance et de riposte du jeune dirigeant russe, relativement imprévisible et qui venait d'accéder au pouvoir à Moscou : le colonel Vladimir P. Celui-ci, flairant la manœuvre, décida de se laisser discrètement humilier, et grand bien lui fit. Ayant réussi à faire croire aux Richistanais qu'il était leur homme, et qu'il était faible, il obtint d'eux un ensemble de concessions qu'il leur vendit comme nécessaires à la construction de nouvelles stations de pompage d'ondes mentales en Sibérie.

Persuadés de l'allégeance et de la fragilité morale du pétersbourgeois, les Richistanais passèrent à la suite de leur projet. Pour empêcher définitivement les Chinois de lancer leur propre cité volante, Baruch avait décidé de se donner les moyens de leur couper tout approvisionnement en pétrole. L'idée était que pour pouvoir saturer d'ondes mentales une cité d'acier, il fallait d'abord que les Chinois puissent fabriquer cet acier. En cassant leur appareil industriel, le super-usurier mondialiste pourrait donc retirer aux Chinois la base matérielle du stockage d'ondes mentales. Il suffisait de couper le robinet à pétrole, et fini l'industrie, la sidérurgie – et donc la cité volante !

Pour ce faire, les grands gourous de l'USS Richistan tentèrent d'encercler la Chine, essayant de mettre la main sur ses possibilités d'approvisionnement en pétrole. D'où l'invasion de l'Irak et de l'Afghanistan, ainsi que toutes les manœuvres visant à déstabiliser les régimes amis de Pékin, de la Birmanie au Soudan en passant par l'Asie centrale – ainsi qu'un soutien à peine déguisé à tous les ennemis intérieurs de Pékin, Tibétains et Ouighours musulmans en premier lieu. Sans oublier, bien entendu, cette tête de pont terrestre de l'USS Richistan en Asie : Taïwan, la station de pompage située dans le détroit de Formose, que les pékinois considéraient comme la porte de leur Mare Nostrum.

Et jusqu'au début de l'été 2003, tout se passa comme David Baruch l'avait prophétisé. Le projet Acier Flottant Mengeler, version 2 améliorée, avec puce RFID incorporée sous les boîtes crâniennes du globe, sur toutes les mains du monde, sur tous les fronts du monde, ce projet fou, mégalomane et démiurgique, semblait réalisable à relativement brève échéance.

Mais c'est alors que les conséquences lointaines de l'ivrognerie du poivrot Boris E. se manifestèrent, contre toute attente.

*

Entre l'été 2003 et l'été 2008, en cinq ans, tout le réseau d'approvisionnement en ondes mentales de l'USS Richistan fut progressivement mis à mal, par une incroyable succession de revers.

Toute l'Amérique Latine, jusque-là pré carré richistanais, bascula dans le camp adverse, où elle rejoignit de larges fractions de l'Asie – un camp aux contours encore flous, tissé par l'alliance inattendue des nationalismes enracinés, des revendications identitaires de toutes sortes, de l'indianité à la défense de l'âme russe, des révoltes sociales aux refus préconscients de la mécanique d'asservissement. Mais un camp aussi que chaque agression richistanaise contribuait à fédérer par réaction, et à renforcer par un effet boomerang toujours plus net.

Progressivement, à Moscou, Vladimir P. dériva par rapport à la trajectoire que les Richistanais avaient anticipée pour lui. Le moment décisif fut, en 2003, le troisième sommet de l'Organisation de Coopération de Shanghai, qui ouvrit la porte à une véritable coopération militaire Moscou-Pékin. Un protocole secret, mais connu des Richistanais, spécifiait qu'en échange d'un accès aux ressources sibériennes, les Chinois, eux-mêmes très bien pourvus en capacités de production d'ondes mentales, réserveraient un quartier long-nez aux oligarques russes dans la future cité volante chinoise, en voie de construction dans le désert de Gobi.

Lorsqu'il apprit l'existence de ce protocole, Baruch perdit la parole pendant trois jours. On pouvait le voir déambuler comme une âme en peine entre la Rockfeller Tower et la Madoff Bank, et depuis la grande terrasse de la Rothschild Plazza, il poussa, un soir, ce cri du cœur qui traversa toute la cité : « *Ah, les Russes, les Russes, sales traîtres, encore un pogrom !* »

Prévenu par Krakovski, lui-même avisé par le Premier ministre britannique, Mengeler hurla, comme pris de folie, que l'histoire se répétait. Ivre mort, ce qui ne lui était pas arrivé depuis le bunker en 45, il déparla toute une nuit dans son laboratoire, se lamentant sur la percée imaginaire de chars russes fantasmatiques.

Krakovski, cependant, tomba dans une grave dépression, lorsqu'il apprit qu'un de ses mentors russes, un certain Mikhaïl K. avait été jeté de façon ignominieuse dans un cul de basse-fosse sibérien. Même quand on lui montra la lettre de repentir pleine de sincérité rédigée par l'intéressé après un séjour bénéfique à la Loubianka, il ne put croire que son ami avait rejoint le camp du colonel Vladimir P. Il retrouva toutefois des couleurs lorsqu'il apprit qu'un autre de ses amis, un certain Boris B., exilé contraint à Londres et chaleureusement accueilli par le Foreign Office, pour services rendus, continuait quant à lui la lutte contre ce qu'il appelait désormais « l'usurpateur du Kremlin ». Différentes opérations de déstabilisation furent enclenchées : financement occulte, mais vite démasqué, de séparatistes dans une république du Caucase, prise d'otages et ludique massacre d'enfants dans une école, toujours dans le Caucase, autre prise d'otages à Moscou, dans un théâtre. Dans ce dernier cas, la manipulation déboucha sur une situation vraiment tendue, que le colonel Vladimir P. traita avec une délicatesse typiquement russe. « *Boum, boum : tout le monde mort ? Plus problème.* »

Avec le soutien financier et les réseaux de l'émir Fakh, Krakovski et Baruch continuèrent à alimenter à la fois le terrorisme islamiste et une très nébuleuse guerre contre la terreur pour semer le chaos et la désespérance dans toutes les zones périphériques de la puissance rivale. S'appuyant sur les bons offices d'un certain Chamil B., Fakh, Krakovski et Baruch souhaitaient ardemment voir se composer un califat islamique dans le Caucase, califat qui réunirait la Tchétchénie, l'Ingouchie et le Daghestan.

On tenta tout pour faire revenir la Russie dans le droit chemin. Y compris des révolutions colorées pour banquiers et grands bourgeois en Ukraine, en Géorgie et au Kirghizstan, le tout sponsorisé par un généreux donateur connu pour ses allers-retours incessants entre Londres et la cité volante, ainsi que pour ses prises de position sur la Livre Sterling – des positions révélant une intuition extraordinaire et certainement sans lien avec un quelconque niveau d'information forcément inexplicable.

Mais rien n'y fit. La Chine, désormais confortée dans ses choix par son allié de circonstance moscovite, envoyait de moins en moins de fluide mental à l'USS Richistan, au fur et à mesure que sa propre cité volante prenait son essor. Bientôt, il y aurait deux cités volantes face à face, et le projet RFID deviendrait irréalisable, car ni les Chinois, ni les Richistanais, ne prendraient le risque de partager leurs données, de crainte de se voir anéantir par l'opposant. L'unification radicale du fluide mental planétaire n'était, déjà, plus à l'ordre du jour.

Mengeler, dans son laboratoire, fit l'impossible. Oeuvrant jour et nuit à la pérennisation du système avec l'équipe du complexe souterrain de régulation de Washington, il géra coup sur coup l'implosion inattendue des sources de fluide mental venant des classes populaires américaines, quand en fin de test, on trouva la limite physique de l'abrutissement des masses. Dès l'été 2007, il avertit Baruch que la dislocation du système de collecte des ondes mentales était pratiquement devenue inéluctable. On masqua tant bien que mal les chiffres, mais la réalité finit par se venger.

Entre l'été 2007 et l'été 2008, on assista coup sur coup aux explosions successives de la station de pompage britannique Northern Rock, du centre de surcompression du jus de cervelle germanique IKB, de la station d'épuration Bear Stearns et, pour finir, de la centrale combinée Fannie-Freddie. Au mois d'août 2008, Baruch lança l'opération de la dernière chance, visant à camoufler l'ampleur du désastre à venir en envoyant au casse-pipe son affidé le plus trisomique, le Géorgien Mikhail Saak, dit le mangeur de cravate. L'affaire ne déboucha sur rien, si ce n'est qu'on eut confirmation que les Russes étaient décidément de bien mauvais coucheurs.

Mengeler, en apprenant l'échec de cette opération, écrivit une lettre à Baruch pour le supplier d'obtenir enfin de Montanar, Fakh et Krakovski, un minimum de retenue dans la construction des tours richistanaises. Peine perdue, la proximité de l'écroulement aiguisait encore plus l'appétit vorace des oligarques rendus fous par leur compétition psychopathologique.

Le 15 septembre 2008, à huit heures du matin, heure de New York, la centrale de surcompression du jus de crâne vide Lehman-Brothers explosa lamentablement sous l'effet d'une gigantesque surtension. Le Richistan descendit soudain de plusieurs centaines de mètres, et pour qui savait regarder attentivement, il commença à devenir discernable.

La dernière page de son odyssée pouvait désormais être écrite.

*

Entre septembre 2008 et mars 2009, Baruch reçut presque tous les jours un rapport détaillé venant du bunker souterrain de Washington. Avec Mengeler, ils prenaient deux heures, tous les matins, pour décortiquer ce rapport. De jour en jour, le savant SS sentait monter la tension entre le méga-agioteur judéo-yankee et ses interlocuteurs anglo-protestants, beaucoup plus soucieux que lui de la situation réelle à leur porte, dans l'Amérique physique, désormais sans lien ou presque avec l'USS Richistan. En octobre, les rapports s'achevaient par « Shalom à notre ami issu du Peuple Elu ». En décembre, on était passé à « Mazel Tov etc. ». En janvier apparut la formule « Nous espérons ne pas avoir à protéger nos amis juifs de la saine colère qui monte du peuple. ». Quant au dernier rapport de mars, il se concluait sur cette formule équivoque : « Nous pensons que nous allons bientôt vous rendre visite. »

Les choses étant ce qu'elles étaient, quand Henri P., le directeur du bunker souterrain de Washington, demanda un remplaçant à Dubbya, Baruch décida de lui proposer le candidat le plus manipulable qu'on puisse imaginer : Malcolm-Luther O'Bama, le fils débile d'Omar Bunsesso. Certes, cela posait un petit problème, puisque l'intéressé, né hors du territoire US, n'était en réalité pas américain. Un petit subterfuge constitutionnel fut trouvé grâce aux services richistanais, et quelques flingues plus loin, dûment pointés sur les tempes grisonnantes des juges à la Cour Suprême, ce problème n'en fut vite plus un.

« *Malcolm-Luther, ti m'écoutes* », expliqua Baruch à son protégé, retrouvant subitement son accent yiddish, perdu depuis bien longtemps.

« *Oui missié bwana.* »

« *Les méchants Blancs ont fait beaucoup de mal aux gentils nwârs, ti sais ça ?* »

« *Oui missié bwana.* »

« *Eh bien toi, Malcolm-Luther O'Banania... Euh, O'Bama, skisez-moi, ti vas riparer cette injustice.* »

« *C'est vrai, missié ?* »

« *Oui, oui, ni t'en fais pas, ti seras épaulé dans ta tâche par des amis à moi, Soros, Brzezinski, Geithner, Summers, Orszag, Clinton-woman, tout le monde il est là, tout le monde sont juif !* »

« *Mais ils sont pas tous juifs, missié ?* »

« *T'en fais pas, on fera comme si. Tu fais tout ce que ti dis missié Dennis Ross et missié Rubin i missié Bernanke, c'est un ami di peuple nwâr et di quelqu'un d'autre aussi, ti as compris ?* »

« *Oui missié bwana.* »

« *Ma parôle, il est fort en affaires, ce Nwâr !* »

Pendant ce temps, Mengeler observait la scène avec envie.

« *Mein Gott, ils sont forts ces Juifs ! Ils font encore z'en zortir. Putain, mais gomment font-ils ! Zes crétins d'Américains se sont fait enfler, et en plus, ils vont tout mettre sur le dos du nègre ! Trop fort ! Le Führer n'était pas dé taille, il faut lé réconnaître !* »

Cependant, après cette conversation instructive, Baruch s'approcha lentement de Mengeler et lui demanda : « *Ti as encore les téléphones de ti copains nazis, en bas ?* »

Mengeler se mit instinctivement au garde à vous : « *Jawohl, Reichsführer !* »

« *Donne. Si on n'arrive pas à faire porter li chapeau par cé critin di nègre, on refoutera ça zur lé dos dé mé coréligionnaires, ils ont l'habitude, ils sont là pour ça. On fera comme au bon vieux temps, avec l'oncle Adolf.* »

Mengeler haussa les sourcils : « *Alors, le Führer trafaillait pour vous ?* »

Baruch s'inclina légèrement, et, avec beaucoup d'humilité dans la voix, il murmura : « *Pas tout à fait. Mais presque…* »

Mengeler sifflota : « *Alors, zans lé zafoir, nous, les SS-Männer, nous étions chuifs ?* »

Baruch hocha gravement la tête : « *Si tu veux, si ça ti fait plaisir.* »

Mengeler, voûté, accablé, sanglota : « *Jamais nous ne nous étions douté que nous étions chuifs.* »

Baruch constata, sur un ton neutre : « *Eh voui ! Nous, par contre, on a toujours su qu'on était nazis.* »

*

Dans les mois et les années qui suivirent, grâce aux innombrables rustines posées sur le réseau Acier Flottant Mengeler, la cité volante fut à peu près maintenue en lévitation, mais insensiblement, elle s'affaissait, et devenait de plus en plus visible.

Jusqu'au jour où, et dont nous ne dévoilerons pas la date ici, brutalement, tout le réseau tomba en panne. Alors soudain, la cité apparut, immense tas d'acier rouillé, tombant d'une hauteur de plusieurs kilomètres vers l'océan atlantique. Ne furent témoins de ses derniers instants que quelques retraités baby-boomers aux cerveaux ralentis par un quart de siècle de pompage Mengeler. Installés sur le pont du yacht « Occident », ils n'en crurent pas leurs yeux. La cité leur dégringola sur la tête, et ils furent submergés par un formidable raz-de-marée, avant d'avoir eu le temps de seulement comprendre que leur heure était venue.

La vague prodigieuse s'éleva jusqu'au ciel, et ombre noire, colère de Dieu, elle déferla sur les mers et sur les terres. Villes, campagnes, terre des Blancs, des Noirs, des Jaunes, des Juifs, des nazis, tout, absolument tout fut submergé.

Tout ?

Non, pas tout à fait.

Seul le sommet de l'Everest surnageait, au-dessus d'une terre temporairement recouverte par les eaux. Et de là, à l'heure précise où s'achevait le monde, un admirateur de Heinrich Harrer et du Dalaï-Lama put enfin contempler la Fin des Temps, homme-dieu aux sources du fleuve de l'Eternité.

Babakar et le sociologue d'Etat

C'était un vendredi soir, et comme d'habitude, Pierre-Michel avait ramené Emmanuel pour lui éviter de conduire, au retour du Duplex. Mais ce soir-là, Emmanuel insista pour parler à Pierre-Michel au calme, dans son cabinet de travail.

C'est ainsi que Pierre-Michel Bourworka, dit PMB, se trouva aux premières heures de la nuit, assis derrière son bureau, avec devant lui Emmanuel Jidov-Mosenberg, plus connu sous le sobriquet affectueux dont l'avait jadis affublé un bâtonnier d'extrême-droite mal embouché : EJM, pour Etoile Jaune Montante. Pour l'instant, EJM rangeait sur le bureau les documents qu'il venait de sortir de sa serviette, et avec cette lenteur caractéristique de l'homme qui sait que son interlocuteur n'a ni le pouvoir, ni même l'envie de le presser, il parcourait les feuillets étalés devant lui tout en les classant.

C'est par l'entremise de la LICRÀ que PMB avait rencontré EJM, lors du dîner annuel du CRIF. À l'époque, PMB n'était encore qu'un jeune sociologue ambitieux, comme la France en compte des dizaines de milliers. Ses grandes références étaient Laurent Mucchielli, Loïc Wacquant, Alain Touraine et François Gèze, qu'il avait abondamment cités dans sa thèse soutenue à l'université de Ploucastel – thèse dont il avait fait copie aux intéressés, est-il besoin de le préciser ? Peut-être grâce à ces hommages poussés, consciemment rendus avec une insistance pas tout à fait inopportune, PMB avait vu s'entrouvrir les portes de l'édition *mainstream*, réussissant dès son premier ouvrage l'exploit de s'attirer les faveurs tant de l'extrême gauche radicale que de la deuxième gauche la plus consensuelle. À partir de là, sa fortune fut faite. Et c'est ainsi qu'il fit partie des happy few de la sociologie française, conviés à ce point d'orgue de notre vie intellectuelle : le dîner du CRIF.

Il se retrouva assis entre Roger Bensaïd, le roi du prêt-à-porter, qui sortait de quelques démêlés judiciaires dans le cadre de l'affaire dite Sentier, et un proche de Daniel Bouton, le PDG de la Société Générale. PMB ne put manquer d'observer avec quelle délicatesse la politique étrangère de la France fut traitée pendant la conversation amicale entre le banquier et le philosophe commerçant. Pour tout dire, il s'ennuyait ferme.

C'est alors qu'un jeune homme s'approcha de lui et, avec cette gentillesse spontanée qui caractérise depuis toujours les Juifs cultivés et ashkénazes, lui proposa d'entamer un débat d'idées. Ce fut passionnant. Ce jeune homme, qui n'était autre qu'EJM, fils d'un maroquinier d'origine polonaise et d'une mère juive au foyer, avait visiblement un esprit délié et une vision très juste des réalités de terrain dans les banlieues françaises. Fustigeant tour à tour la politique d'apartheid menée par la France post-coloniale dans les zones de relégation périurbaines, le racisme atavique des Français de souche et l'influence obscurantiste de l'islam wahhabite partout répandu, les deux jeunes hommes, déjà les deux amis, ne tardèrent pas à s'esquiver, l'un comme l'autre n'étant au fond venu à ces agapes que pour y être vu.

Ce fut le début d'une longue collaboration. Les convergences politiques étaient naturelles entre deux hommes qui avaient tous deux foi en un nouvel ordre mondial, et voulaient tous deux inscrire leur pays dans cet ordre naissant. Au-delà de l'intérêt des conversations savantes et du partage intellectuel stimulant, les deux hommes trouvaient aussi un motif d'enrichissement moins purement cérébral dans le développement de leur partenariat. Disposer d'une plume alerte, connue et reconnue dans la sphère médiatique était pour un avocat comme EJM un atout non négligeable. Bien souvent, pour conditionner indirectement l'institution judiciaire dans un sens favorable à ses inclinations et conformément à son souci de l'intérêt général, il avait eu recours aux services de PMB. Celui-ci, en retour, avait pu compter sur l'entregent d'EJM, à plusieurs reprises, en particulier lorsqu'il s'était agi d'approcher les principales figures du milieu médiatique, grands prescripteurs de produits culturels, tels que Franz-Ferdinand Grébert, les Glucksmen, Vincenzo Crespedes, et même, à une reprise, Bernard-Henri Lhermitstein.

Enfin, EJM demanda à PMB de lui servir un scotch et consentit à s'expliquer.

« PMB, je crois que nous avons une vraie cause à défendre. Tu as sans doute entendu parler de cette histoire que l'on nomme désormais un peu rapidement 'l'affaire Babakar'. Inutile de te dire que comme d'habitude, on raconte n'importe quoi, ce jeune est victime d'une stigmatisation éhontée, véhiculée par qui-tu-sais. Les racistes les plus rancis et les plus incurables ont saisi cette affaire au vol pour déverser leur haine de la différence. Devant un tel affront fait à nos immuables valeurs démocratiques et républicaines, nous sommes obligés de réagir. »

PMB comprit tout de suite de quoi il retournait, cette affaire était sérieuse.

« Je suis prêt à m'engager sous ta bannière, Emmanuel, tu le sais bien. Mettre fin aux discriminations qui défigurent ce pays est depuis toujours le sens profond de mon combat. »

N'hésitant pas à citer Lucie Aubrac et à invoquer la mémoire de Jean Moulin, PMB souligna encore le caractère solennel de l'instant. À partir de là, EJM comprit qu'il pouvait compter, comme toujours, sur l'appui désintéressé de son compagnon de route.

« Ecoute, cette histoire est emblématique. Tout y est : Babakar, pour moi, c'est le persécuté d'aujourd'hui. Va faire un tour chez les xénophobes à peine refoulés d'Internet, tu verras, c'est odieux. J'ai même des amis qui m'ont passé des copies d'écran du site François Desouche en me proposant l'ouverture d'un dossier à la HALDE, c'est moi qui ai dû les en dissuader, mieux vaut laisser ces hordes malfaisantes étaler leur vraie nature.

« Tu as des gens qui arguent des circonstances du quadruple meurtre pour jeter l'opprobre sur ce pauvre garçon. Mais pendant que ces gens-là comptabilisent les coups de machette assénés, personne ne se pose la question des souffrances endurées par Babakar, le primo-arrivant, vilipendé par ses professeurs au collège sous prétexte qu'à douze ans – lorsqu'il est arrivé en France – il ne savait ni lire, ni écrire. Ces enseignants ethnocentristes se sont-ils demandé, si eux, auraient eu l'air idiot à Dakar à conduire une caravane de chèvres ?

Il existe des personnes qui s'attardent à disserter sur comment il s'est débrouillé pour recharger la perceuse Black & Decker après avoir torturé la vieille peau qui refusait avec obstination de le dépanner d'une poignée d'euros. Mais, ces gens-là ne se posent nullement la question du regard méprisant porté par la vieille sur Babakar pendant des années, et ce, à chaque fois qu'elle le croisait dans le hall, apeurée par le gentil pit-bull qui était le seul fidèle compagnon de Babakar, depuis qu'il avait par mégarde écrasé avec sa BMW les trois camarades qui jusque là constituaient le cercle très restreint de ses rares amis. C'est vraiment trop commode et trop lâche de rejeter notre culpabilité collective sur ce pauvre garçon. Je dis : 'Que fleurissent 100.000 Babakar. On peut vociférer impunément contre un Babakar mais on sera obligé d'écouter le message de désespoir de 100.000 Babakar.' »

PMB se racla légèrement la gorge. « Je partage ta légitime indignation, mais es-tu certain que ce genre de diatribe salutaire sera comprise par une opinion publique très largement acquise aux thèses réactionnaires pour ne pas dire fascisantes ».

EJM esquissa un sourire angélique.

« Ecoute, pour te répondre je vais faire un parallèle. Je discutais récemment avec un ami israélien et je lui demandais si Tsahal avait été vraiment bien avisée d'utiliser des bombes DIME sur les populations civiles gazaouies. Cet ami m'a fait une réponse qui m'a convaincu du bien-fondé de cette action. Il m'a lancé : 'Quand on a intérêt au conflit faut y aller franco comme à Guernica. Pas de place pour la demi-mesure lorsque le rapport de force t'est favorable.' »

PMB sursauta. EJM poursuivit comme si de rien n'était : « En ce moment, là-bas, ils ont tout intérêt à rendre les Palestiniens fous de rage et ils font ce qu'il faut pour cela. Eh bien nous ici c'est pareil, nous avons intérêt à rendre les Français racistes fous de rage contre les banlieues, donc ton article dans *Libération* sera un véritable obus au phosphore idéologique ! »

PMB soupira. Il s'était douté que l'affaire était sérieuse quand EJM lui avait demandé un entretien au calme. Mais à présent, il se demandait si cette affaire n'était pas *trop* sérieuse pour un sociologue d'Etat encore pas tout à fait installé.

« Es-tu certain que la personnalité de ce Babakar nous permette d'y aller aussi franco que ton ami israélien le décrivait ? »

Le sourire d'EJM réapparut.

« Aucun problème, c'est une affaire en or. Tu peux y aller, l'étoffe est solide. Du cuir pour faire un sac Hermès ! Il n'a aucun lien avec les milieux islamo-terroristes que nous combattons par ailleurs, d'ailleurs il n'est même pas musulman, c'est encore mieux ! Je n'ai aucun doute sur le soutien que nous recevrons de la communauté, je te garantis une double page dans *Libé*, Edouard est un proche de ma belle-famille, Elie Weasel et Elie Barbarnazi m'ont déjà assuré qu'ils salueraient ta philippique ! »

PMB hocha lentement la tête. Une double page dans *Libé*… mazette !

« Ecoute, » lâcha-t-il enfin, « ma plume t'appartient ! »

*

« J'ACCUSE

Par Pierre-Michel Bourworka

Il existe une France à vomir. Une France qui n'a jamais rompu avec le colonialisme, qui n'est même jamais sortie du système colonial ! Une France qui a parqué quelques-uns de ses meilleurs enfants dans des territoires occupés par une police criminelle, assurée de ne jamais être inquiétée pour ses méfaits et forfaits ! Cette France décide aujourd'hui de condamner à un ostracisme éternel l'un de ses enfants misérables, qui a souhaité s'extraire de la condition qui lui était imposée depuis son arrivée dans la patrie dite des Droits de l'homme.

ASSEZ !

Aujourd'hui, je le clame bien haut. Il fut un temps où nos parents durent affirmer qu'ils étaient tous des Juifs allemands : aujourd'hui nous sommes tous des Babakar.

Qui est ce Babakar qu'on nous présente comme un monstre ?

A-t-il trempé dans les eaux troubles de l'obscurantisme wahhabite, que nous tolérons sur notre sol avec trop de complaisance ? Que nenni !

Babakar se contentait, comme tout jeune de son âge, soucieux de s'intégrer à cette nation pourtant si avare d'amour et si ingrate envers ceux qui incarnent son avenir, de rechercher une promotion sociale que l'école n'a pas su lui donner. La seule chose qu'on puisse lui reprocher, c'est d'être comme nous tous – et, oui je le reconnais, comme moi : un homme pressé, pressé de faire sa vie, pressé de conquérir la place qu'il se savait en droit de réclamer.

Par quel trajet, par quel enchaînement, ce jeune homme pressé, peut-être trop pressé (mais qui sommes-nous pour le juger ?), par quel mécanisme s'est-il trouvé entraîné dans des situations scabreuses, nous n'en savons rien. Ce qui est frappant, c'est la rapidité avec laquelle certains, qui n'ont pas étudié le dossier, ont tenté de se saisir de cette triste affaire pour l'ériger en contre-modèle de la prétendue faillite de l'intégration à la française.

Eh bien, quant à moi, je vous dirais tout simplement que l'affaire Babakar est à mes yeux le signe d'une re-politisation de cette génération qu'on a trop longtemps bafouée, et qu'on prétend, bien à tort, incapable de réagir. Cette réaction n'est pas sans rappeler quelques glorieux ancêtres, comme Toussaint Louverture, le chevalier de Saint-Georges, Franz Fanon ou encore Aimé Césaire. L'acte de Babakar s'inscrit très clairement dans cette filiation d'hommes debout, qui refusent avec abnégation la dictature de la résignation et du fait accompli.

Puisque les adversaires de Babakar l'accusent effrontément et surtout sans preuves, moi qui ai des preuves, je les accuse à mon tour. J'accuse cette France moisie, raciste, fasciste, xénophobe, pétrie de cette idéologie française si bien décrite par le grand Bernard-Henri Lévy, j'accuse cette France nostalgique des heures les plus sombres de notre histoire, d'avoir fabriqué de toute pièce l'affaire Babakar.

Comme Dreyfus en son temps fut condamné parce qu'il avait le tort d'être juif, Babakar est aujourd'hui condamné parce qu'il a le tort d'être noir et africain. J'ose le dire : que fleurissent 100.000 Babakar, tel est mon plus cher désir. On moquera mon emportement, mais il est le fruit d'une colère qui prend sa source dans un long travail de terrain. Les banlieues, je les connais : elles débordent de Babakar prêts à souffrir pour la vérité. »

Imaginons le réel

(nouvelle rédigée en juin 2008)

La scène montre une grande salle de réunion luxueusement meublée, dans le style un peu lourd propre aux lieux de pouvoir à la Française. Autour de la table sont assis : Chantal, une quadragénaire liftée en tailleur gris et collier de perles, Mario, un trentenaire bronzé en costume bleu ciel, et Rodolphe, un quinquagénaire en costume sombre et cravate noire. Entrent Nicolas et Ségolène. Chantal et Mario se lèvent.

Nicolas : Restez assis.

Ségolène : J'allais le dire.

Nicolas (en s'asseyant à la table de réunion) : Bon, alors, il faut faire le point.

Ségolène (en s'asseyant à côté de lui) : J'allais le dire.

Chantal : Je représente aussi le Boston Consulting Group, aujourd'hui. Will ne pouvait pas venir.

Nicolas : Pas de problème. Je sais que nous travaillons main dans la main avec Ogilvy France.

Ségolène : Cela va de soi.

Mario : Je suis désolé pour monsieur Paolini, il était retenu.

Nicolas : Pas de problème. De toute manière, vous n'avez qu'à prendre note.

Ségolène : Exactement.

Rodolphe : Puis-je ouvrir la réunion.

Nicolas : Je vous en prie, cher monsieur.

Ségolène : Je vous en prie aussi.

Rodolphe : Nous avons un second semestre crucial devant nous, et la situation n'est pas brillante au niveau de la zone française.

Nicolas : Pourtant, ce n'est pas faute…

Rodolphe : Personne ne vous accuse, le board ne remet pas en cause votre investissement. C'est un constat, voilà tout : ce n'est pas brillant.

Ségolène : Nous jouons de malchance. Domenech, l'équipe de France…

Chantal : Je dois dire que des erreurs de communication ont été commises, concernant cette équipe.

Nicolas : Lesquelles ?

Chantal : Il y a trop de Noirs et pas assez d'arabes. Il faudrait plus d'arabes.

Rodolphe : Je suis d'accord. Nous avons plutôt besoin des arabes qui perdent, en ce moment. Les Noirs qui gagnent, à quoi bon ?

Ségolène : De toute façon, ils perdent.

Rodolphe : Oui, mais ils étaient supposés gagner !

Ségolène : Bref, gardons l'idiot qui fait perdre l'équipe, et mettons des arabes dedans ! (elle rit)

Chantal : On s'égare. Venons-en au fait.

Rodolphe : Le fait, il est simple. Il est possible que l'opération décisive ait lieu dans les mois qui viennent.

Nicolas (surpris) : Je croyais qu'on attendrait au moins la période de passation de pouvoir entre l'ancienne et la nouvelle administration.

Ségolène : Pourtant, j'avais cru comprendre qu'Obama devait…

Nicolas (se tournant vers Ségolène) : Enfin, ça, c'est dans le scénario Obama.

Rodolphe : Je pense que vous avez sauté aux conclusions prématurément, tous les deux. Le Board, ne l'oubliez pas, doit gérer une situation fluide, dont il ne maîtrise pas tous les tenants. Sans entrer dans les détails, nous sommes en train de faire monter la pression sur l'Ossétie. Il est impossible de dire exactement comment Moscou va réagir. De l'intensité de la réaction russe face à la Géorgie, nous déduirons la vitesse à laquelle nous devons évoluer sur le théâtre principal.

Chantal : À quelle échéance faut-il être prêt concernant l'action décisive ?

Rodolphe : Partez du principe que cela peut arriver *à tout moment.*

Chantal : Cela veut dire que la mise au pas des médias doit être conduite très vite. Dès cet été.

Rodolphe : Je ne comprends pas que ce ne soit pas déjà fait.

Chantal (souriante) : C'est la France, ici. Tu vis depuis trop longtemps aux States, tu as oublié comment ça fonctionne ici.

Nicolas (brusque) : C'est notre travail de mettre la France à l'heure américaine. Je veux qu'on envoie un message fort au petit monde médiatique. Je veux que ces connards comprennent qui est le patron. Trouvez deux ou trois cadors qui se croient intouchables, et foutez-les dehors. Ça calmera les autres.

Chantal : Je pense qu'il faudrait remplacer des figures symboliques de l'ordre ancien. PPDA, par exemple. Il nous a bien embêtés avec l'affaire Beytout.

Rodolphe : Virez-le.

Mario (à Nicolas) : C'est une consigne ferme ?

Chantal et Nicolas échangent un regard.

Nicolas (à Mario) : Oui, allez-y. En échange, nous allons passer la vitesse supérieure, pour cette histoire de pub sur la télé publique…

Ségolène : Il faudra me dire comment communiquer à ce niveau. Ça risque de mal passer auprès de mes troupes.

Chantal : Ne communiquez pas, c'est le plus simple. Parlez d'autre chose.

Ségolène (tendue) : De quoi ?

Chantal : On vous donnera du grain à moudre, ne vous inquiétez pas.

Rodolphe (à Chantal) : Vous avez une idée pour un schéma de com accéléré ?

Chantal : Nous devons continuer ce que nous faisons déjà, mais nous devons intensifier l'action, c'est tout. Entre nous, cela n'est pas sans inconvénient. L'expérience américaine démontre que pour détruire complètement les capacités de réflexion dans l'opinion, il faut une génération au moins. Tant que vous avez dans le circuit des gens qui ont été éduqués par des gens qui ne sont pas passés par le programme complet de reconditionnement médiatique, vous n'êtes pas au bout de vos peines.

Rodolphe (inquiet) : Vous savez, le Board raisonne aujourd'hui en mois. Alors, les générations…

Chantal : Ce que je veux dire, c'est qu'en intensifiant l'action plus vite que théoriquement souhaitable, nous allons obtenir des résultats apparemment brillants, mais qui peuvent ensuite s'avérer superficiels. Le conditionnement médiatique, pour être vraiment efficace, doit agir lentement, par imprégnation. Quand on va trop vite, on sidère momentanément le public, mais il risque de sortir ensuite de cette sidération, et à l'improviste en plus.

Rodolphe (pensif) : On aurait dû lancer le programme de conditionnement dès les années 60, comme aux Etats-Unis.

Sarkozy : Eh oui ! Mais ça, c'est à cause des gaullistes. Vingt ans de retard ! Ça ne se rattrape pas du jour au lendemain.

Chantal : Bref. Ce qui compte, c'est ici et maintenant. Normalement, il était prévu de ne passer au niveau 4 que vers 2010 ou 2011. Nous pouvons anticiper, mais ça sera compliqué à gérer.

Mario : Excusez-moi, mais qu'est-ce que le niveau 4 ?

Chantal : Il y a six niveaux de conditionnement médiatique des foules. Le niveau 1, c'est l'information orientée. Le niveau 2, c'est la construction d'un cadre de référence mental implicite qui économise les manipulations trop voyantes. Le niveau 3, que nous avons atteint pour la première fois en France avec les élections présidentielles 2007, c'est le remplacement du monde réel par sa projection médiatique déformante. Le niveau 4, qui a été atteint aux USA depuis trois décennies, c'est la confusion conceptuelle totale entre information et spectacle.

Mario : Et les niveaux 5 et 6 ?

Chantal : Le niveau 5, c'est le niveau actuel aux USA. L'affirmation que le réel découle du spectacle, et la criminalisation implicite de ceux qui s'opposent à cette idée. Le niveau 6, qui devrait être atteint aux USA après l'opération principale, à l'occasion d'un état de guerre, c'est la suppression pure et simple de l'information. Nous n'en sommes pas là en France. Si tout va bien, l'opération principale nous permettra de consolider le niveau 4 et peut-être d'entrer dans le niveau 5. On va essayer, en tout cas.

Rodolphe (impatient) : Chantal, revenons au fait. Comment voyez-vous le niveau 4 en France ?

Chantal : Comme nous n'aurons pas le temps d'imprégner progressivement l'opinion, il va falloir la sidérer. Utiliser des armes de distraction massive. (à Mario) Vous allez intensifier les doses de téléréalité. Je vous passerai un cahier des charges là-dessus, prochainement. (à Ségolène) Nous ferons beaucoup appel à l'archétype féminin, ça facilite toujours le déploiement des schémas irrationnels.

Nicolas : À la place de PPDÀ pour le JT, que diriez-vous de la petite Ferrari ? Je l'aime bien, moi. Elle fait où on lui dit, ça ira bien avec elle.

Chantal : Oui, c'est à elle que je pensais.

Ségolène : Qu'est-ce que je dois dire là-dessus ?

Chantal : N'en dites rien. Votre travail, ce sera d'apparaître comme une alternative féminine à Nicolas. Jouez sur la corde « solidarité féminine », au besoin. Comme je vous disais, vous êtes chargé de l'irrationnel, en ce moment. Faites dans le compassionnel, et de temps en temps dans l'indignation. Faites ce qu'on vous a appris, et tout ira bien.

Rodolphe : À propos d'irrationnel, je dois vous prévenir que l'opération Ingrid Bétancourt va bientôt être lancée.

Nicolas : Pas trop tôt ! Et j'espère que cette fois, ça va marcher !

Chantal (à Ségolène) : Nicolas essaiera d'être sur la photo. Vous essaierez de vous y glisser. N'hésitez pas à en faire des tonnes, il faut habituer le public à l'idée que l'important, c'est qui est sur la photo. Comme ça, le public ne regardera que la photo. C'est stupide, mais ça marche. C'est ça, le niveau 4.

Rodolphe : Bien. Je note que Chantal transmettra un cahier des charges pour TF1. Cela dit, je voulais vous parler d'autre chose, de plus sensible.

Nicolas : Je sens qu'on va parler de l'armée.

Rodolphe : Voilà. Qu'est-ce que c'est que cette histoire avec l'Etat-major ? Vous nous aviez assuré que l'armée française entrerait dans le schéma sans barguigner.

Nicolas : On sait qui c'est. Je les casse ?

Rodolphe : Evidemment, que vous les cassez ! C'est l'occasion de faire le ménage. Allez-y franchement.

Nicolas : Il me faudrait un prétexte.

Rodolphe (énigmatique) : Bon, ça peut s'arranger.

Silence. Nicolas et Rodolphe échangent un regard entendu.

Nicolas : Alors, d'accord. C'est pour quand ?

Rodolphe : Le plus tôt sera le mieux. Attendez-vous à devoir sévir d'ici quelques jours. À votre retour d'Israël.

Chantal : J'ai quelque chose à prévoir en termes de com ?

Rodolphe : Non, rien de précis. Contentez-vous d'avoir sous la main un kit de déconsidération de l'institution militaire. On vous dira quand et à quelle dose l'employer.

Chantal : Je vois.

Ségolène : Je peux mobiliser la gauche, si vous voulez.

Rodolphe : Ah non, surtout pas ! C'est au nom des valeurs militaires qu'on doit agir. Il faut casser une partie de l'armée, pas toute l'armée. Ne vous en mêlez pas. Vous êtes chargée de garder les bobos, alors gardez les bobos.

Ségolène (dépitée) : Reçu.

Rodolphe (promenant son regard sur l'assemblée) : Bon, je crois que c'est clair pour tout le monde ? Des questions ?

Le journal d'un winner

C'est très rigolo d'être assis dans un char Leclerc. Voilà ce que les historiens, ces intellos crétins, ne comprendront jamais. S'il y a des guerres, alors que ça fait tellement mal aux gens qui sont couchés sur la chaussée derrière le Leclerc qui vient de les transformer en steak tartare, c'est tout simplement parce que le gars qui maniait l'attendrisseur, de voir toute cette viande étalée comme à la boucherie, ça lui a calmé les nerfs.

Avant, j'étais déjà assis, mais dans un bureau, au trente-deuxième étage de la tour Société Générale, à la Défense. Je bossais pour le middle office, masquant avec zèle les pertes que la banque allait planquer dans son hors bilan. Objectivement, je faisais plus de dégâts qu'avec mon char, et en plus, ça n'était même pas rigolo. Je m'ennuyais tellement que je passais la journée, dès que mon chef avait le dos tourné, à me poudrer avec célérité le pif que j'avais, en fin de journée, archi-bourré. Il y eut des soirs où, pour dire les choses honnêtement, j'étais blanc comme une marquise.

J'avais cru me faire virer après le énième scandale Kerviel 14 – scandale qui avait ravalé le premier de la liste au rang de blague de potache. Mais je me suis accroché. Comme tous ceux de ma race, je ne rêvais que de la City. Pour ceux qui ne le sauraient pas, Wall Street n'était qu'une vaste blague. Le cœur de notre empire, c'était la City. Tous les traders cocaïnés du monde et de ses environs rêvaient des rives de la Tamise. Et moi donc j'étais là, à rêver du jour où je deviendrais milliardaire en provoquant la ruine d'une grande entreprise et le suicide en série de mille personnes, dans mon bureau au trente-deuxième étage – quand soudain, tout s'effondra.

J'y repensai hier soir, quand je me suis rendu compte qu'il n'y avait plus de papier hygiénique dans les toilettes de notre baraquement. Il a fallu que j'aille en chercher un stock. On recycle les billets de 100 milliards de dollars, imprimés à la fin de la phase d'hyperinflation. Quand j'y pense. Weimar, c'était le bac à sable. Nous, ça a été le Sahara. Hier soir, je me suis torché avec un montant qui, quand j'ai commencé ma carrière, m'aurait probablement permis de m'acheter General Motors – avant la faillite, cela va sans dire.

Et maintenant je suis assis dans mon char, et je continue à écraser des gens. Sauf que c'est beaucoup plus rigolo, que ça tue beaucoup moins de gens, et qu'objectivement, sur le plan humain, c'est une expérience formidable. Vous n'imaginez pas la différence qu'il y a entre, disons, l'esprit d'équipe dans un middle office bancaire de la Défense, engagé dans une intox sur un marché haussier, et l'esprit d'équipe dans un char Leclerc engagé dans un duel au canon de 120 mm. Ça n'a rien à voir. Je ne sais pas à quoi c'est dû, peut-être au fait que les hommes d'équipage, dans un char, savent qu'en cas de défaite, tout le monde crame, y a pas de parachutes dorés dans not'métier, pas de stock-options, le seul bonus c'est le soleil que tu vois se lever le lendemain. Ou alors c'est la dimension physique du boulot, le côté épanouissant du travail manuel, si vous voulez. En tout cas, c'est vraiment une autre ambiance.

Et puis, il y a la dimension visuelle. Avant, je ne voyais pas les gens que je tuais. Quand je foirais un CDS et que ça plantait une grosse boîte, avec mille licenciements à la clef et trente suicides à la serrure, je ne voyais pas les gens pleurer dans les familles. Ça me gâchait le plaisir. Il y avait un côté désincarné que je n'aimais pas dans ce boulot. Gagner beaucoup d'argent sans rien produire, à part de la destruction et du malheur, c'est jouissif. Mais quand tu ne vois pas la destruction et le malheur, la jouissance n'est jamais parfaite. Maintenant, je vois, et ça change tout. Un accomplissement. La certitude du travail bien fait, si vous voulez.

L'autre jour, quand le capitaine a demandé des volontaires pour torturer l'enfant soldat qu'on avait fait prisonnier en attaquant le camp de réfugiés au char lance-flamme, j'ai tout de suite levé la main. Cet enthousiasme, que je ne me connaissais pas, c'est à l'armée que je le dois. Cette facilité déconcertante à m'intégrer dans un team, à participer à un challenge win-win avec une équipe motivée, dynamique, où ça brainstorm tous les soirs pour améliorer les procédures, c'est exaltant. C'est toujours comme ça que j'ai conçu le management.

En plus, chez nous, c'est zéro papier. Mais vraiment. Pas de bureaucratie, tout est dématérialisé, et ce qui ne l'est pas, on le pulvérise. Dans la série cost killer, nettoyage par le vide, on se pose là. Je voudrais bien voir, quand le pitaine expose la manœuvre pour attaquer un village où on doit liquider la population civile pour déclencher un mouvement de réfugiés et épurer ethniquement un territoire, je voudrais bien voir qu'un gus se lève pour présenter des slides et capter la présentation. Une balle dans la tête, ça calme. Alors. Non mais.

Les officiers n'avaient pas confiance en nous, au début. Ils nous croyaient trop timorés, trop faibles, trop gentillets. Des gratte-papiers, qu'ils nous appelaient. Nous les avons vite rassurés. Rarement, ils avaient vu une telle faculté d'adaptation pour piller, émasculer, violer, écarteler, démembrer, incendier et rendre compte. D'ailleurs c'est simple, maintenant, ils prennent les anciens bureaucrates de la finance avant les repris de justice, même ceux qui présentent un casier judiciaire plus long que celui de Bernard Madoff. Quand je suis rentré dans la compagnie, le pitaine m'a demandé : « Quelle école ? » J'ai répondu : « HEC. » Il m'a fait : « Ah, je préfère ça. Vu votre physique, j'ai craint d'avoir affaire à un de ces saint-cyriens moralistes qui nous cassent les couilles. »

Justice immanente

Chantal-Ségolène observait son époux, Olivier-Benoît, avec au coin de l'œil cette nuance d'agressivité dont elle ne se départait jamais. Arborant son sourire le plus carnassier, elle lança : « *Quand vas-tu te décider à parler de notre grand dessein à ton fils ?* »

Olivier-Benoît répondit : « *J'y viens, mais il faut être prudent. Ne le traumatisons pas, il faut être certain qu'il acceptera sans barguigner. Je n'ai pas réellement de doutes sur son envie de bien faire, mais avant de lancer une affaire pareille, il faut nous assurer de son assentiment plein et entier.* »

Chantal-Ségolène tapa du pied sur le tapis persan du salon : « *Que de reculades ! Que d'atermoiements ! Que de palinodies ! Tu es un lâche ! Ecoute, ça urge, maintenant. La rentrée scolaire, c'est pour très bientôt. Je n'accepterais pas que mon fils se retrouve dans une école monoethnique privée catholique, je serai la risée de mes amis du MRAP.* »

Olivier-Benoît soupira : « *Ecoute, ce n'est pas si grave. De toute manière, je te promets qu'on ne le mettra pas chez les curés. Au pire, je négocierai une place à l'école alsacienne avec mes amis de la LICRA. Et sinon, s'il passe quelques mois au collège Nelson Mandela, il n'y aura pas mort d'homme. Enfin...* »

Chantal-Ségolène acheva de perdre son calme : « *Déjà, nous n'avons pas réussi, malgré tes prétendues amitiés, à faire intégrer notre fils au collège George Brassens, au Versaillinet, en Allemand Première Langue, ou Russe Première Langue au moins, avec option musique. Nous avions mis tous les atouts de notre côté.* »

Et le père de se récrier : « *Ce n'est pas de ma faute si le collège Nelson Mandela a également mis en place ces options, depuis cette année.* »

Et la mère de se lamenter : « *Mais tu te rends compte. Un collège où il n'y a que des fils d'ouvriers, de chômeurs, d'électeurs du Front National, des beaufs nostalgiques de Georges Marchais, ou pire, de Maurice Thorez ! Tu veux que notre fils grandisse dans un tel milieu ! Il y a des limites à la mixité sociale. Je veux bien me mélanger avec nos amis beurgeois pour la galerie, mais mon fils avec des enfants de prolo, ou de petits fonctionnaires, ne m'en demande pas trop ! Je suis fille d'officier, tout de même !* »

« *Mais tu as renié ton père !* », s'exclama Olivier-Benoît. « *Que vient-il faire là-dedans ?* »

« *Tu sais très bien que je me suis fâchée avec lui le jour où j'ai découvert qu'il était contre l'avortement et le regroupement familial.* »

« *Je sais, je sais…* »

Olivier-Benoît se frotta les mains dans un geste nerveux.

« *Ecoute, je vais lui parler dès ce soir et lui faire part de notre idée. Je pense ne pas avoir de mal à le convaincre, il a une très haute conscience politique, et déjà, à son jeune âge, il observe le monde avec une certaine hauteur de vue. J'ai bon espoir. »*

*

« *Excellente idée, papa* ! », s'exclama Jean-Kevin.

« *Je vois que tu as tout de suite saisi l'ampleur de la démarche et son importance capitale. Je n'en attendais pas moins de toi, mon fils ! Tu réalises quand même le problème de la chirurgie esthétique* ? »

« *Pas de problème, papa. Le nez épaté et les lèvres charnues, ça plaît aux filles, surtout aux petites blanches. Je les connais je les fréquente… Et… euh… comment dire… Il y a un autre aspect de la négritude qui, à ce sujet… enfin, tu vois quoi…* »

Olivier-Benoît fronça les sourcils.

« *Pourquoi ? Tu te sens sous-équipé, à ce niveau-là.* »

« *Euh, pas nécessairement, mais bon, 18 cm, peut-être, enfin… 20 c'est mieux…* »

« *Ah, c'est ça ? Bon, écoute, ne t'inquiète pas, on fera le nécessaire. Je connais des gens, j'ai le numéro du gars qui s'est occupé de l'ami Nicolas quand il a marié sa Carla…* »

« Ah, je croyais que c'était une circoncision ? »

« Meuh non, ça c'est ce qu'on a dit pour tuer la rumeur. »

Olivier-Benoît referma la porte de la chambre de son fils sur un dernier clin d'oeil égrillard, puis il se rua dans le salon pour porter la bonne nouvelle à Chantal-Ségolène.

« Formidâââââble ! Désormais, notre fils ne pourra plus être refusé à Georges Brassens, et en plus, ça nous fera une pub d'enfer ! »

Olivier-Benoît acquiesça gravement.

« Il va falloir la jouer fine… »

Dès le lendemain, l'opération « Black is beautiful » fut lancée plein pot. Après avoir une dernière fois parcouru le bulletin scolaire de Jean-Kevin, Chantal-Ségolène constata pour la énième fois que son rejeton éprouvait les pires difficultés en mathématiques, en Français, en Histoire-Géo, en Anglais et en Informatique. Ça n'allait bien qu'en Instruction Civique, où il avait obtenu un 19/20 grâce à son professeur, un ami personnel de ses parents, et qui lui aussi fréquentait la Fédération Socialiste du département. Décidément, seule l'opération « Black is beautiful » permettrait de faire rentrer ce cancre dans un établissement de qualité, et qui, surtout, pratiquait la politique de discrimination positive à l'égard des minorités ethniques ! Une discrimination positive qu'elle-même et son époux encourageaient sans réserve, y voyant le meilleur moyen d'assurer une mixité sociale efficace, garde-fou contre les penchants criminels et xénophobes de ses concitoyens, ce peuple français moisi et incurablement raciste, comme chacun sait…

Après deux heures d'auto-conditionnement idéologique, Chantal-Ségolène se sentit enfin prête à enregistrer la vidéo qu'elle devait ensuite balancer froidement sur Daily Motion.

« *En ce jour, mon époux et moi avons choisi d'aller le plus loin possible dans la compréhension de l'Autre, dans son acceptation et dans l'amour que nous lui devons. Notre bien-aimé fils, notre progéniture, notre tout-petit, Jean-Kevin, a décidé de se joindre à nous dans cette incroyable entreprise. Pour dénoncer ces fléaux, ces cancers de la société française que sont le racisme, la xénophobie et la haine d'une altérité qui nous apporte tant, Jean-Kevin a décidé de devenir nwâr. Il veut porter sur ses épaules, et surtout sur son visage, un peu de l'injustice faite aux peuples opprimés par l'occident chrétien toujours aussi esclavagiste en profondeur, et qui aujourd'hui se fait fort de propager le sida avec les discours irresponsables du Pape Ratzinger, qui je le rappelle a fait partie des jeunesses hitlériennes, ce qui en dit très long. Assez ! Nous nous insurgeons, et nous soutenons notre fils dans son juste combat.*

Jean-Kevin, tu as le droit d'être nwâr. Tu en as le devoir, dirais-je même, et c'est tout à ton honneur de l'avoir compris ! »

La déclaration fut mise sur Daily Motion le soir même, et dès le lendemain, plus de 100.000 visionnages avaient été enregistrés, la vidéo ayant été reprise sur les sites spécialisés dans ce type d'informations : www.sos-racisme.org, www.mrap.asso.fr, www.licra.org, www.ldhfrance.org, www.halde.fr et… novopress.info. Au bout de 36 heures, Jean-Kevin était devenu une superstar, avec 50.000 commentaires insultants sur le site fdesouche.com et une déclaration de soutien filmée par Bernard-Henri Lhermistein. La vidéo avait été vue 4 millions de fois et avait fait le tour de la planète. Les télés du monde entier désiraient interviewer ce prometteur jeune Français et parfait citoyen du monde. Jean-Kevin engagea en catastrophe l'agent de Daniel Con-Béni, télévangéliste fameux du millénarisme écologique, pour négocier les droits télé, qui à eux seuls allaient payer toutes les opérations chirurgicales à venir.

Quelques mauvais coucheurs, quelques rabat-joie et quelques indécrottables esprits chagrins ne purent s'empêcher de voir dans l'entreprise de la famille Dupont-Royal de la Timbrière « *une simple manigance consistant à pratiquer le contournement scolaire en détournant les nouvelles lois relatives à la discrimination positive, pour se retrouver dans un lycée mieux fréquenté que celui de leur quartier, et ainsi éviter au fils de famille d'étudier en compagnie d'enfants issus de l'immigration* ». Chez les chefs d'Etat africains, on protesta vigoureusement contre ce « *cirque* », le président Mugabe allant jusqu'à déclarer : « *ces connards de Blancs ne savent vraiment plus quoi inventer, ce Jean-Kevin ne sera jamais noir, tout au plus ce sera un bounty, cette histoire est aussi ridicule que ces mischlings que Hitler aryanisait pour pouvoir les utiliser dans son armée, ou encore que ces négresses qui veulent se faire blanchir pour satisfaire leurs maîtres blancs !* » Seul le délicat Sénégalais Abdoulaye Wade, toujours prompt à satisfaire ses amis occidentaux, se félicita de ce qu'il appela « *un geste noble tourné vers l'amitié entre les peuples et la construction d'un monde uni, multiculturel, cosmopolite et globalement global, présentement.* »

Pour financer des opérations et multiplier les Jean-Kevin, un jeune couple new-yorkais, les Bronstein, des démocrates de l'*Upper East Side*, lancèrent avec l'aide de l'AIPAC et de Woody Allen un Jean-Kevin-thon mondial pour multiplier les *French wiggers*. Un lobby homosexuel new-yorkais toujours, très en vue et très activiste, surnommé les *mad fags*, fit une demande solennelle : « *Jean-Kevin, toi qui as déjà été si loin dans l'acceptation de l'autre, ne voudrais-tu pas modifier ton orientation sexuelle, et pourquoi pas, ô geste sublime et suprême, t'inoculer le virus HIV en signe de solidarité envers les séropos.* » Jean-Kevin, par communiqué de presse, déclina l'offre mais se déclara « *de tout cœur solidaire* ».

Enfin arriva le jour de la rentrée. Après moult opérations de chirurgie esthétique, Jean-Kevin ressemblait, comme une goutte d'eau ressemble à une autre goutte d'eau, à un Omar Bongo jeune et doté des attributs de Rocco Siffredi. Il avait déposé une demande pour le collège Georges Brassens, jusque là presque entièrement blanc de peau, « au nom de la discrimination positive et de l'ouverture à l'autre ». Cette demande fut immédiatement satisfaite par le principal du collège, peu soucieux de se mettre à dos tout ce que la France, voire le monde, comptait de *gens bien* « ouverts à l'Autre ».

Et ainsi, la famille Dupont-Royal de la Timbrière put croire qu'elle avait triomphé.

C'était compter sans cette insupportable et toujours vivace haine de l'Autre.

Haine de l'Autre que les auteurs de cette nouvelle désirent ardemment dénoncer et combattre.

Cela va sans dire.

*

Le jour de la rentrée scolaire, Jean-Kevin fut la superstar de l'établissement. Seul *nwâr* de sa classe, un des trois du collège, il put constater que les petites cailles blanches ne regardaient que lui, et son teint plus-que-hâlé faisait l'admiration de ses camarades pâlichons et envieux. Très heureux, il sortit donc à cinq heures pour aller attraper son bus, comme n'importe quel collégien.

Et c'est alors…

… C'est alors qu'il croisa la route d'un certain Jef Drejean, un père de famille pétainiste, engoncé dans sa haine recuite et moisie de l'Autre et de l'altérité différente, et très certainement d'extrême droite en outre, dont la fille avait été agressée quatre fois par la même bande d'afro-maghrébins. Ce paternel en furie, muni d'une 22 long rifle, était bien décidé à régler ses comptes avec ceux qu'il appelait, de façon nauséabonde, « *cette bande de boucaques* ». Or, il se trouvait que désormais, de loin, Jean-Kevin ressemblait un peu au leader de la « bande » en question… Sans se poser de question, Jef Drejean mit donc en joue le jeune nwâr de fraîche date, et d'une bonne bastos en pleine tête, il appliqua à l'intéressé une dose de discrimination on ne peut plus négative et parfaitement inattendue (1).

(1) Bien entendu, nous nous désolidarisons totalement du geste raciste, xénophobe et marqué par le refus de l'Autre, commis par ce monsieur Jef Drejean, avec lequel nous n'avons rien de commun. Cela va sans dire.

Tous immondes !

Samuel Rubinstein s'inquiétait grandement pour l'arrivage des nouveaux diamants en provenance du Négrongo. Depuis quelques mois, ce diamantaire d'Anvers éprouvait des difficultés à satisfaire quelques uns de ses clients fortunés, lesquels en cette période de crise étaient à la recherche de placements plus sûrs que le dollar américain, l'euro, le franc suisse ou la livre sterling.

« On n'avait pas connu une telle merde depuis 1492 ! », s'exclama-t-il ce jour-là, en découvrant l'arrivage de juillet. « Comment je vais faire avec mes amis russes de Londres. Toujours demandeurs, pas beaucoup de patience, on les connaît ceux-là... C'est que ces cons, quand ils vont passer des week-ends à Marbella, au lieu de payer leurs putes en argent, il faut toujours que ça soit clinquant. Nouveaux riches, va ! »

Rubinstein décrocha son téléphone pour appeler Rudy Brandt, son fournisseur sud-africain.

« Allô, Rudy, je te dérange pas, tu as la forme ? »

Au bout du fil, la voix rocailleuse de l'Afrikaner retentit lourdement : « Dis donc, je t'appelle pas pendant le shabbat, tu pourrais éviter de m'appeler pendant le culte ! »

« Ah, c'est vrai, j'avais oublié, excuse-moi mon ami calviniste ! Mais tu auras sans doute le temps, c'est beaucoup d'argent en jeu ? »

« Je t'écoute ! », s'exclama Brandt, qui sortait du temple en courant.

« C'est la tuile ! J'ai des commandes en retard, très en retard, et les livraisons ne pourront pas avoir lieu tout de suite en raison des heurts, des conflits entre les factions du Négrongo. Vous ne pouvez rien faire, vous autres, de là-bas ? C'est dans votre zone d'influence, non ? »

« Ecoute, c'est compliqué, le Négrongo. Il y a plusieurs camps en présence… D'abord il y a les gens raisonnables, les Bongo-Bongo, les Osdanlenés et les Banan-Banan. À la rigueur, il suffirait de mettre d'accord ces *Caffres* (dit-il en appuyant fortement sur le mot avec dans la voix un mépris ostentatoire), ce serait jouable. Mais il y a aussi toutes les tribus incapables de discuter calmement : les Français, les Américains, les Belges, ces foutus russkofs complètement barrés, et toujours en embuscade, tes coreligionnaires d'Israël. Et puis il y a les chinetoques qui viennent fourrer leur nez dans nos affaires. Et le moins qu'on puisse dire, c'est que pour des mecs qui ont un nez beaucoup plus court que le tien, ils savent l'enfoncer profond dans la merde. »

Rubinstein était habitué au racisme vulgaire du Boer. Lui, le Juif du ghetto d'Anvers, ne s'en formalisait pas, sachant parfaitement, et pour cause, que le racisme le plus cruel est généralement celui qui se tait. Il affecta donc de ne pas relever l'allusion du blond Sud-africain à la longueur de son appendice nasal, et reprit, sur un ton égal : « Je n'ignore pas que tout cela est très complexe, mais là, ça urge. Mes Russes exilés ne cessent de me harceler, toi qui en connais peut-être, pourrais-tu me donner un coup de main ? Leur parler, les calmer, leur expliquer la situation… »

Brandt meugla : « Et comment tu veux que je fasse ça depuis ma *gated community* des antipodes ! Il t'est quand même plus facile de sortir de ton ghetto ! De plus, j'ai ouï dire que tu avais quelques connexions dans la région. Parle plutôt, toi, aux Américains, dis-leur de soutenir une initiative de paix entre les Bongo-Bongo et les Osdanlenés, ça permettra de virer ce dictateur issu de la minorité Banan-Banan, c'est lui qui fout la merde ! »

Rubinstein s'exclama : « Mais je croyais qu'il était avec nous ! »

Le Sud-africain haussa les épaules et soupira longuement.

« Tu n'es pas sans savoir qu'il a refusé les injonctions de nos amis de la Banque Mondiale et du FMI. En échange de plusieurs milliards, cet enculé de *sale nègre* devait s'engager à poursuivre les réformes, privatiser des secteurs entiers de son économie *de macaque*. Au lieu de ça, il nous a fait un bras d'honneur, et a nationalisé notamment l'énergie. Et pour couronner le tout, désormais il nous met des bâtons dans les roues pour notre traf… euh, notre commerce de diamants. »

« Ah, je comprends mieux, » soupira Rubinstein. « Encore un bougnoul qui se prend pour Chavez ou Morales ! Si les nègres se mettent à penser, maintenant, où va-t-on ! »

« Je ne te le fais pas dire, » renchérit Brandt. « Tes coreligionnaires en Israël, au moins, savent remettre ces baltringues de falashas à leur place ! Descendants du roi Salomon, cette bande de nègres, mais pour qui se prennent-ils ! Ah, vivement que le bon vieux temps des Treks reprenne, il y a des fleuves de sang à faire couler ! »

Rubinstein ricana : « Tu t'emportes, mon ami ! »

« Non, » riposta Brandt, « je rêvais tout haut. C'est dur de ne plus pouvoir dominer ces sales macaques à peau sombre. Tu te rends compte qu'à l'université, il y en a qui brillent plus que nos enfants ? Mais comment expliquer une chose pareille ? Enfin, dans un couple, il y en a un qui fait le cavalier, et l'autre le cheval. Si nous ne sommes plus le cavalier, alors, dis-moi, il ne nous reste plus qu'à hennir et brouter ! C'est terrible. Ah, mon cher ami, lâche-nous la bride cinq minutes, s'il te plaît, et tu verras comment on va les remettre au pas, les négros ! »

Rubinstein gloussa : « Héhé, il a une belle tête, le pays arc-en-ciel ! »

Brandt ne répondit rien. Il n'en pensait pas moins.

Le diamantaire reprit : « Bon, je vais appeler nos amis new-yorkais, ils vont nous débarrasser du Banan-Banan actuellement au pouvoir. »

« Bon débarras ! », répondit Brandt, « c'est une histoire de quelques coups de fil et d'un plan bien préparé. Nous avons déjà une taupe dans sa garde prétorienne. Cet agent dormant ne demande qu'à être réveillé… C'est le président Wade qui nous l'a conseillé, enfin un bon nègre, ça fait plaisir par les temps qui courent ! »

*

Six mois plus tard, le président issu de la minorité Banan-Banan était malheureusement passé de vie à trépas après une intoxication alimentaire due à la consommation d'un havane directement importé de Cuba, et qui avait été livré par son ami Fidel. Sans que l'on sache vraiment pourquoi, le produit fini présentait un léger défaut de fabrication...

Comme à l'accoutumée, sur Internet, les sites conspirationnistes s'en donnaient à cœur joie. Quelques esprits mal intentionnés n'hésitaient pas à voir la patte de la CIA derrière ce décès, et évoquaient un empoisonnement. Mais en tout état de cause, cela ne changea rien à l'issue de l'affaire : Walter Sillafodé, le leader tribal des Osdanlenés, succéda au Banan-Banan à la tête de la grande nation négrongoïde.

Pendant un an, Rubinstein et Brandt n'eurent qu'à se féliciter des bons et loyaux services de ce démocrate impeccable, prêt à privatiser toute l'économie du Négrongo, bordels pour mercenaires inclus. Mais, au bout d'un an, il y eut une grève générale d'une durée de six semaines, extrêmement dure, au point qu'on vit la différence entre un fonctionnaire africain en grève et son homologue au travail (différence qui, en temps normal, ne saute pas aux yeux). Confronté à ce phénomène d'un type nouveau (des Africains qui arrivent à travailler encore moins que d'habitude), Walter Sillafodé refusa de poursuivre la cure d'austérité prônée par le FMI.

Cette fois, ce fut Brandt qui appela Rubinstein.

« Putain, on peut jamais compter sur les Cafres. Bon, alors, tu nous lâches la bride ? On les bute ? Tous, hein, pas de quartier ? »

Rubinstein fit claquer sa langue, par énervement.

« Non, ça va se voir, il faut procéder autrement. Tu n'as pas une carte de rechange ? »

Brandt maugréa : « Bon, il y a le Bongo-Bongo, Kofi Miam-Miam, ou alors son concurrent du Parti du Renouveau National de La Grande Nation Négrongoïde, Manu Grobongo. Mais si on les met au pouvoir, dans six mois, re-belotte, tu verras ! »

« Bon, » fit Rubinstein, désarçonné. « Voyons cela comme une solution temporaire. On met Grobongo au pouvoir, et pendant ce temps-là, on cherche une solution plus stable, pour les prochaines années. Je vais en parler à mes amis de l'université de Berkeley. Ils ont un département Afrique, ce serait malheureux s'ils n'ont pas une idée. »

*

Un mois plus tard devait avoir lieu les élections législatives, moment phare de la grande démocratie négrongoïde. Depuis trois semaines, toute la presse occidentale se déchaînait contre le président Walter Sillafodé, accusé d'avoir tenu lors d'une conférence internationale des propos jugés incendiaires et antisémites, car violemment antisionistes. Dans les faits, il s'était ému du sort réservé aux Palestiniens de la bande de Gaza, qui venaient de subir une semaine de frappes intensives pour tester les nouvelles munitions au phosphore mises au point par l'industrie militaire américaine.

C'est donc avec un grand soulagement que tous les démocrates de la planète apprirent que malgré ses 60 % des voix, Walter Sillafodé perdait le pouvoir, la communauté internationale ayant refusé de reconnaître les résultats d'une élection qu'elle jugeait presque aussi truquée qu'un scrutin en Floride ou dans le 5e arrondissement parisien. Des observateurs internationaux, à 99 % américains (1 % d'Israéliens) avaient dénoncé un bourrage des urnes, des pressions sur les opposants, des violences à l'entrée des bureaux de vote, etc.

Par erreur, Fox News avait même montré des files d'hommes et de femmes noirs tabassés par des flics. Après vérification, on se rendit compte qu'il s'agissait d'images d'archives des élections américaines de 2004. La chaîne présenta des excuses pour cette fâcheuse étourderie, et l'on n'y pensa plus, ne se souvenant que de cette image terrible : le président Sillafodé refusant de quitter le pouvoir, fut frappé par une étrange méningite foudroyante, 48 heures après la fin du scrutin, et c'est un homme au bord de la tombe qui se présenta devant le parlement nouvellement élu. Par un joli tour de passe-passe constitutionnel que de mauvais esprits présentèrent comme un coup d'Etat, le champion des chancelleries occidentales, Grobongo, s'installa au pouvoir.

Cependant, cette fois encore, pour Rubinstein et Brandt, l'idylle avec le nouveau pouvoir négrongoïde ne dura qu'une petite année. Grobongo, en effet, eut la fort mauvaise idée, à leur goût du moins, de nouer des liens un peu trop étroits avec Pékin. Il conclut des accords pétroliers avec la Chine, accords qui passèrent sous le nez des compagnies pétrolières britanniques et américaines. Et, cerise sur le gâteau, les livraisons de diamants avaient stoppé net.

C'est alors que Rubinstein appela Brandt, pour lui révéler l'existence d'une quatrième ethnie au Négrongo…

*

« Quelle ethnie ? », demanda Brandt, interloqué. « Je connais très bien ce pays de Cafres, et il n'existe que trois ethnies. »

« Tu te trompes, mon ami, » lui répondit calmement Rubinstein. « Les universitaires américains que nous avons envoyés là-bas ont découvert la tribu des Bouga-Bouga. »

« C'est quoi, ces conneries ? », s'insurgea Brandt. « Jamais entendu parler de ces gars-là… »

Rubinstein se lança dans une grande explication.

« C'est parce que, mon ami, tu es victime de tes préjugés anthropocentristes. As-tu conscience de l'oppression subie par les singes de la forêt au Négrongo ? Je vois que tu n'es pas familier de la *deep ecology*. Mes amis de la WWF sont formels, eux qui ont déjà fait tant pour les espèces protégées au Gabon et ont appliqué un traitement spécial aux Pygmées au passage. C'est scientifiquement prouvé, les singes Bouga-Bouga constituent une espèce en voie d'extinction, et nous devons par solidarité en faire la quatrième ethnie du pays. »

« Qu'est-ce que c'est que ce délire ? », s'insurgea le Boer ethnodifférencialiste. « Je te vois venir, espèce de mercanti youpin ! Mince, écoute, je n'ai pas besoin de dominer les singes, ça ne m'intéresse pas. C'est humiliant d'en être réduit à écraser des singes, ça veut dire qu'on ne peut même plus humilier des êtres humains, enfin disons à moitié, de mon point de vue. Tu me gâches le plaisir, y a pas que l'argent dans la vie ! Il y aussi le mépris, le dédain, la condescendance, et le sentiment exaltant de la supériorité raciale, signe de l'Election de la race blanche ! – Ecoute, mes nègres, je les ai écrasés, dominés, brutalisés, fouettés, fusillés, réduits en esclavage, déportés, enfermés dans les ghettos, et j'ai même fait pire ! Mais jamais, jamais, je n'ai cessé de les voir comme des êtres humains ! Leur humanité, espèce de mercanti infâme, est le gage de la mienne ! Si j'en suis réduit à dominer des singes, c'est que je *suis* un singe... »

Rubinstein décida de calmer le jeu.

« Voui, voui, voui, je te comprends, je comprends ton désarroi. Mais écoute, le patrimoine génétique des singes est pratiquement identique à celui des humains. Ce sont des lointains cousins, c'est scientifique ! »

Brandt, un peu plus calme, examina l'aspect pratique du problème : « Mais comment espères-tu refourguer un président singe à une nation, voire à la planète entière ? »

« Ne t'en fais pas, » répondit Rubinstein, « nous avons une presse formidable, nous avons déjà mis en branle une campagne médiatique visant à dénoncer la hiérarchie des espèces entre les hommes et les singes. Nous avons de bonnes réactions du public. Les gens comprennent très bien qu'une humanité évoluée doit inclure ses plus proches cousins dans la grande famille humaine. Nous avons déjà un projet de manifeste qui sera présenté à l'ONU, un projet visant à condamner le spécisme antisinge. »

Brandt se récria : « Mais ça ne marchera jamais ! »

Rubinstein ne perdit pas son calme.

« Mon ami, nous avons déjà réussi tellement mieux ! Je te garantis que ça ne posera aucun problème. J'ai déjà appelé Murdoch, il m'a dit qu'il trouvait l'idée fantastique. Dès demain, les principaux journaux britanniques vont commencer à écrire là-dessus. »

Brandt bougonna, plus dubitatif que jamais : « J'attends de voir ! »

*

Eh bien, six mois plus tard, le Sud-africain vit. Le monde fêtait en grande pompe l'arrivée du premier président singe, présentée partout dans le monde comme une grande avancée pour l'humanité, une humanité qui vivrait enfin en symbiose avec les autres espèces de la Création. Ce qui fit dire à Bernard-Henri Lhermitstein :

« L'homme est désormais à sa place, ni au dessus, ni en dessous des autres espèces, simplement au milieu d'elles. » Et Brigitte Bardot très enthousiaste d'ajouter : « J'espère que le président singe fera beaucoup plus pour la noble cause des phoques et des taureaux maltraités dans les arènes espagnoles ».

À partir de ce moment-là, un condominium sino-américain se mit en place sur le Négrongo. Enfin, le pillage des ressources naturelles pouvait être conduit à son terme, sans avoir à s'embarrasser du facteur humain. En général, la procédure pour faire valider les termes de l'échange entre le Négrongo et les pays industrialisés était la suivante : le secrétaire personnel du président singe, Lord Chamberlain, lui présentait le décret à signer, et le président donnait son approbation : « Voici le décret monsieur le président, l'approuvez-vous ? » - « Bouga-Bouga » - « Merci monsieur président, ce sera fait. »

Il y eut évidemment quelques réticences du côté de la population, qui refusait de suivre un président singe. Pour une fois réconciliées, les trois ethnies du pays se révoltèrent, et elles tentèrent de renverser un pouvoir qu'elles qualifiaient de néfaste, d'ignoble, et surtout d'illégitime. Mais ces ethnies armées principalement de machettes furent vaincues par les héroïques troupes Bouga-Bouga, aidées à la marge par l'US Air Force et des conseillers militaires israéliens (les mêmes qui avaient déjà été utilisés en Géorgie, avec moins de succès).

Après l'écrasement de la rébellion, le traité dit de Bouga-Bouga autorisait toute la population du Négrongo à émigrer vers l'Europe. Des centaines de milliers de Négrongoïdes se présentèrent ainsi aux portes du vieux continent, où elles furent accueillies par le Réseau Espèce

Sans Frontières (RESF), un collectif sympathique et autofinancé d'antiracistes antispécistes bien décidés à favoriser la coexistence pacifique des Blancs, des Noirs et des singes.

L'ancien président Manu Grobongo fit partie du voyage. Il fut accueilli personnellement par Monseigneur Di Falcone, évêque conciliaire et farouche partisan d'un Vatican IV, puisque le III avait eu lieu quelques années auparavant.

« Mon ami Barnabé, » commença Di Falcone…

« Je m'appelle Emmanuel, on m'appelle Manu, » répondit Grobongo.

« Bien Barnabé, comme tu veux… Barnabé, écoute, ne t'inquiète de rien. Ici, on va te trouver du boulot. Tu préfères quoi ? Balayeur, éboueur ou agent de sécurité ? Oh, un gaillard comme toi, agent de sécurité, ça doit être ton truc ? »

Grobongo répondit, placide : « Je suis diplômé de la Sorbonne, en section Lettres Classiques. J'ai été président d'un Etat indépendant, et j'ai beaucoup fait pour l'alphabétisation dans mon pays. »

Di Falcone : « Tu es tout à fait requis pour le poste d'agent de sécurité. Tu pourras lire facilement le manuel à tes collègues, Barnabé. »

« Manu, je préfère, » répondit Grobongo, sans s'énerver.

« Oui, Barnabé, si tu veux… Ah, si tu savais comme je suis heureux de vous voir arriver, vous tous les pauvres, tant de charité à faire, tant de bonnes œuvres à fonder, quelle grande nouvelle pour notre Eglise ! Déjà que les protestants hérétiques nous piquent les parts de marché en banlieue, nous avons bien besoin d'un nouvel arrivage de catholiques fervents, pauvres et reconnaissants. »

Là encore, Grobongo ne s'énerva pas.

Il se contenta de répondre, d'une voix douce et au fond, presque affectueuse : « Je comprends, monsieur, je comprends… »

Imaginons le virtuel

(Nouvelle rédigée en avril 2009)

*L*a scène représente toujours un grand bureau à la Française, avec une cheminée dans laquelle crépite encore un feu presque mourant. Les lambris sont toujours aussi beaux, mais ici ou là, ils se craquellent. Les peintures s'écaillent imperceptiblement, et l'esthétique française au classicisme impeccable ne suffit plus à masquer le manque cruel de moyens et de savoir-faire.

Assis derrière la table, Rodolphe, l'émissaire de la banque, et Chantal, de la société de communication Ogilvy France.

Rodolphe : « Quand même, vu l'augmentation exponentielle de ses frais généraux, il pourrait s'occuper de l'entretien. Vous allez voir que si demain on le laisse tomber, les autres vont nous facturer la remise aux normes. »

Chantal : « Ne soyez pas pessimistes. Les autres ne sont pas encore là, et ils ne sont pas prêts d'y être ! »

Rodolphe : « Hummpf… »

La porte s'ouvre. Entrent Nicolas et Ségolène.

Nicolas : « Bonjour Rodolphe. Bonjour madame. »

Ségolène : « Bonjour Rodolphe. Bonjour Chantal. »

Rodolphe : « Bonjour. Asseyez-vous, nous avons du travail. »

Nicolas : « De quoi s'agit-il ? »

Ségolène : « Oui, de quoi s'agit-il ? »

Rodolphe : « Je suis venu pour parler de ce qui s'est décidé au Bilderberg Group et à la dernière Trilatérale. »

Ségolène : « Mais c'est ce que Nico a signé au G20, non ? »

Rodolphe *(il escamote un fou rire naissant derrière un bruit de gorge distingué)* **:** « C'est un peu plus compliqué, madame. »

Nicolas *(énervé)* **:** « Marie-Ségolène, s'il vous plaît ! »

Rodolphe : « Il est clair que le G20 a atteint ses objectifs médiatiques. Nos hommes dans la presse ont parfaitement fait le travail, mais le vernis pourrait très vite craquer si nous ne trouvons pas très rapidement une solution pour du beaucoup plus long terme. Les 750 milliards du FMI permettront tout au plus de stabiliser la situation sur quelques mois, de quoi lancer quelques thérapies de choc, peut-être une cure d'austérité dans des zones encore récalcitrantes, qui, cette fois, n'auront plus rien à nous refuser. Il ne faut pas se laisser griser, on va peut-être sauver la Suisse en la ruinant, et ainsi ces prétentieux, qui osent rester une nation souveraine et relativement démocratique, seront enfin mis au pas ! Mais à part ce petit plaisir, avec

750 milliards et une liste de paradis fiscaux, qu'est-ce que vous voulez faire de nos jours ?!!! »

Chantal *(voix douce)* : « Rodolphe, ne vous énervez pas. Vous savez bien que nous vous écoutons. Et puis, tout de même, nous avons eu quelques victoires : la City londonienne, les îles anglo-normandes, le Nevada, le Delaware, Hong-Kong, Macao n'ont pas été pointés du doigt. Comme quoi, il nous reste une certaine marge de manœuvre. »

Rodolphe : « Merci de votre enthousiasme, ma chère amie. Mais, croyez-en un homme qui dispose de quelques informations fiables et non publiques, il n'y a pas de quoi pavoiser. C'est pourquoi je vous ai tous convoqués aujourd'hui, je dois vous prévenir que vous allez devoir gérer l'ingérable. »

Nicolas : « Vous pensez que la situation n'est plus sous contrôle sur le plan monétaire ? »

Ségolène : « Oui, est-ce que la situation est sous contrôle ? »

Rodolphe *(dissimulant mal son agacement)* : « Il y a bien longtemps qu'elle ne l'est plus. Vous savez, la planche à billets électronique c'est comme tout, au bout d'un moment ça finit par se remarquer. Et là, franchement, avec 10.000 milliards de dollars planqués dans les paradis fiscaux et environ 5.000 milliards en masse monétaire gelée dans les réserves des banques centrales, ce qui est surprenant, c'est que le système monétaire international ne soit pas déjà par terre ! »

Nicolas : « Rodolphe, vous me confirmez ce dont mon sherpa, Jean-David, m'a parlé hier soir : cette fois, on approche du moment de vérité. »

Ségolène : « Oui, nous sommes au moment de vérité. »

Rodolphe *(grave)* **:** « Eh bien, voilà... Comment vous expliquer... Nos services ont eu vent de menaces terroristes sérieuses pesant sur la France. »

Nicolas *(il cherche nerveusement un objet dans la poche de sa veste)* **:** « Ah, c'est encore Coupat et ses copains... Non, je déconne ! »

Rodolphe : « Nicolas, s'il vous plaît. Je vous remercie de rester sérieux. Ce n'est pas le moment de plaisanter. »

Nicolas *(il sort un spray nasal de sa poche)* **:** « Snif, snif... Attendez, vous voulez dire que... cette fois... ça sera à nous ? Je veux dire, en grand ? En vrai ? »

Ségolène : « Quoi en grand ? Quoi en vrai ? »

Rodolphe *(snobant ostensiblement Ségolène, il se tourne vers Nicolas)* **:** « Sur l'échiquier, vous êtes sur la diagonale entre notre fou et leur tour, et nous jouons fianchetto. À partir de là, je suis désolé, mais un pion, c'est un pion. Franchement, vous connaissez mon affection pour cette ville superbe, mon amitié pour votre peuple si merveilleusement ouvert, mon admiration pour votre art de vivre, votre gastronomie, vos châteaux de la Loire, votre merveilleuse Provence, les cépages alsaciens en terrasse, vos danseuses aux jambes légères et souples, et je sais de quoi je parle... Mais *business as usual*, cette fois, ce sont vos pions qui sont sur la mauvaise diagonale. Je n'y peux rien, ce n'est pas moi qui ai défini les règles. »

Nicolas *(tout en enfonçant son spray nasal un peu plus profondément)* : « Euh… Ah…. Ah… Aïe aïe aïe… Et c'est pour avant ou après 2012 ? »

Ségolène : « Ah oui, pour avant ou après ? Parce que là, ça m'intéresse… »

Rodolphe : « Ce n'est pas encore établi, mais à mon avis, vous serez tous les deux appelés à œuvrer de concert, que cela vous enchante ou non. »

Nicolas *(il tripote nerveusement son spray nasal)* : « Pfut pfut… Snif, groink… Et vous avez une idée de l'ampleur de l'action spéc… euh, de la menace ? »

Rodolphe *observe attentivement Nicolas. Puis il se tourne vers Chantal et demande :* « C'est quoi, ce spray ? »

Chantal *(énigmatique)* : « Prescription médicale. »

Rodolphe : « Ah. »

Nicolas : « C'est Lefabre, porte-parole du parti, qui s'occupe de tout. »

(Il change de narine.)

Nicolas : « Pfut, pfut. »

Ségolène : « Ahem. »

Rodolphe *(il se lève pour dominer la situation)* : « Bon, les enfants, vous allez m'écouter. Une cellule dormante proche des Pasdaran iraniens est désormais active sur le sol français. Nous tenons cette information d'un service de renseignements étranger d'un pays ami situé au Proche-Orient, c'est déjà cette source qui nous avait alertés avant les drames du 11 septembre, du 11 mars et du 7 juillet. »

Nicolas : « Ah, une piste digne de confiance, donc ! »

Ségolène : « Et qu'on ne peut pas soupçonner de manipulations ! »

Rodolphe : « Bien sûr les enfants, vous avez raison. »

Nicolas : « Pfut, snif, groink ! »

Rodolphe : « Je pense que les évènements risquent de s'accélérer sur le plan du système monétaire. »

Nicolas : « Pfut… ah oui, snif, que voyez-vous advenir ? »

Ségolène : « Ah oui, dîtes-nous ! »

Rodolphe : « Pour vous la faire courte, plusieurs scenarii s'offrent à nous, et aucun n'est le bon. Il va donc falloir trouver des pistes de diversions. Il est clair que le test en Ossétie n'a pas fonctionné comme nous l'espérions. Nous allons être obligés de revoir nos priorités, seul un effet de sidération complet nous permettra de justifier la politique que nous allons devoir mener. »

Nicolas : « Sniiiiiif…. »

Rodolphe : « Comme vous dîtes. »

Ségolène : « Comme vous dîtes quoi ? »

Rodolphe *(ignorant Ségolène superbement)* **:** « Il va falloir faire comprendre à tout le monde que nous vivons en Extrémistan. Trouvez-moi deux ou trois jihadistes, des vrais, qui y croient, mal structurés et repérables, facilement identifiables aux yeux de la population, et je vous gage que vous pourrez convaincre les Français de la réalité de la menace. D'autres pays occidentaux ont été attaqués, la France peut l'être aussi. Il faut préparer l'opinion au glissement dans une phase ultérieure du conditionnement en faisant progressivement monter la menace perçue à travers le prisme du discours officiel. Vous relèverez l'indice de potentialité d'attaque terroriste, et vous en profiterez pour multiplier les caméras de surveillance. Nous l'avons fait aux USA, ça fonctionne très bien. »

Nicolas : « Vous êtes sûr que je suis capable de gérer une situation, snif, snif, pareille ? »

Rodolphe : « Ne vous en faites pas, vous n'interviendrez que devant les caméras, nous nous occupons du reste. Si Doubleyou a pu le faire, n'importe qui peut y arriver. Je suis déjà en grande discussion avec votre ami Jean-David, nous réglons petit à petit les modalités de l'opé... euh, de la riposte. »

Nicolas : « On peut avoir, snif, groink, une idée de l'ampleur, à défaut d'avoir un échéancier ? »

Rodolphe : « L'Extrémistan, c'est le moment où l'impossible devient réel. Cela suppose de créer un état de choc sans pareil qui modifie toutes les données des équations politiques, sociales et économiques. C'est ce que la ravissante altermondialiste Naomi Klein appelle la stratégie du choc, et elle a tout à fait raison. Cette petite est douée. »

Nicolas : « Sniiiiiiiiiiiiif.... »

Ségolène : « Et en chiffres, ça fait quoi ? »

Rodolphe : « Euh, je ne sais pas, mais disons New York 9/11 multiplié par deux, par exemple. Pour commencer. »

Nicolas : « Pfuuuuuuuuuut ! »

Ségolène : « Ah oui, tout de même. Mais dîtes-moi, ça va faire beaucoup de victimes à plaindre ! »

Rodolphe *(se rasseyant lentement)* **:** « Ah mais... c'est vrai... en fait... on va peut-être avoir encore besoin de vous. »

Nicolas : « Atchoum ! »

Un épais nuage blanc tombe sur la scène.

2048, Année islamique

S ergueï Ayoubchof fut à l'origine de l'initiative « dhimmis contre pétrole ». Les sécessions en 2048 des régions PACÀ et Nord-Pas de Calais, devenues respectivement territoires islamiques d'Al-Massilia et d'Al-Roubaïsia, avaient déjà donné lieu à des prises de contact étroites avec les autorités coraniques locales. Ces tractations secrètes étaient calquées sur le modèle qui avait cours depuis fort longtemps entre le gouvernement flamand et la Ville Libre Islamique de Bruxelles. Les contacts étaient cordiaux, chacune des deux parties ayant parfaitement conscience du fait que l'annihilation de l'adversaire n'était ni possible, ni même souhaitable, puisque l'indépendance des entités nationalistes françaises ne pouvait subsister que par réaction à la sécession des musulmans.

Des accords furent définitivement conclus deux ans seulement après l'entame des négociations. Cependant, ce fut un long chemin, pour stabiliser les relations entre les entités nationalistes et musulmanes. Le principal problème fut le déséquilibre des compensations offertes par les deux parties. Dès la mise en place du protocole, les potentats mahométans donnèrent un libre accès à la Méditerranée, et permirent la reprise d'échanges commerciaux avec l'Algérie, laquelle avait définitivement basculé dans le camp islamiste. On se souvient que ce basculement fut rendu possible par une aide non négligeable des Etats-Unis, tout heureux à l'époque de faciliter les infiltrations djihadistes sur le sol français. Cette reprise des échanges avec l'Algérie était vitale pour l'économie des zones nationalistes, depuis que les autonomes turcs de Berlin avaient coupé la route du gaz sibérien.

Le problème vint du fait qu'en face de ces concessions accordées par la partie musulmane, le camp nationaliste avait peu à offrir sur le long terme. Une partie des réserves d'or avait été transférée au vizir d'Al-Massilia, surnommé le Nour-Al-Din phocéen, mais cet échange ne pouvait concerner qu'un approvisionnement en gaz à titre provisoire. Il fallait trouver une contrepartie plus pérenne.

C'est alors que se mit en branle le fameux projet « dhimmis contre pétrole ».

Lors d'une fameuse conférence à Genève, en territoire neutre, où le petit fils de Christoph Blocher tenait toujours le pays d'une main de fer, les protagonistes trouvèrent enfin la solution finale de leur désaccord commercial – et, en même temps, de la question bobo.

Dans la délégation nationaliste figurait Sergueï Ayoubchof, petit-fils du célèbre commandant de section d'assaut des Brigades Nationalistes Européennes. Voyant que la négociation piétinait, il se leva et demanda solennellement la parole.

« Nos réserves d'or s'épuisent. Que sommes-nous prêts à sacrifier ? Ou plutôt : *qui* sommes-nous prêts à sacrifier ? Pour poursuivre l'arrangement que nous avons trouvé et qui nous a permis de prospérer parallèlement ces dernières années, il nous faut une monnaie d'échange.

« J'ai beaucoup réfléchi à cette question, et, mes chers camarades, chers partenaires musulmans, la réponse me paraît couler de source.

« Lorsque vous avez proclamé l'indépendance de vos entités respectives, des centaines de milliers de bobos ont fui en vélib', en patinette, en rollers, gigantesque exode qui s'est achevé sur nos terres. Depuis, nous sommes obligés de subir ces gens, que par solidarité ethnique nous ne pouvons pas liquider. C'est objectivement épouvantable. Conscients qu'ils constituent un frein à la conscientisation politique des nôtres, nous voulons nous en débarrasser. Ils lisent du Lhermistein à nos enfants, vantent les méthodes scolaires de Philippe Meirieu à nos instituteurs déboussolés, prônent la culture du cannabis en placard alors que vous en faites pousser du si bon par chez vous, trafiquent des DVD d'Almodovar au vu et au su de tout le monde, distribuent gratuitement l'ignoble prose de Fiammetta Venner, se saoulent honteusement avec du Soho-lychees et du Malibu-papaye, et dénigrent nos Bordeaux au motif qu'ils ne seraient pas suffisamment métissés à leur goût. Certains vont même jusqu'à réclamer la renaissance du Parti Socialiste, dissous par nos soins voilà maintenant trente ans, pour collaboration non discrète avec les forces mondialistes et la Haute Finance, nos ennemis communs. Réellement, il faut que ces gens soient 'transférés' hors de nos terres, dans le respect des droits de l'homme etc. cela va sans dire.

« Donc je vous propose un accord dhimmis contre pétrole. Vous avez besoin de bobos pour faire les petits bolos que vous bolosserez. Et nous avons besoin de gaz, vous le savez. Donc voilà l'accord : vous nous approvisionnez en matières premières, et nous élevons des bobos de première qualité, garantis parfaitement émasculés, que nous vous livrons clef en main, avec écharpe rouge, cheveux soigneusement décoiffés, jean slim, ipod Benabar d'origine. Et symboliquement, pour que vous puissiez apprécier la marchandise, nous vous livrons en premier vingt clones de Florian Zeller et Nicolas Rey.

« Pour Al-Roubaïsia, qui n'a pas de contrepartie à nous offrir, puisque le gaz transite par Al-Massilia, nous vous proposons un échange complémentaire dhimmi contre rappeurs. Nous savons que vous avez, vous aussi, vos problèmes, et nous compatissons. Quand nous avons pris le pouvoir dans nos zones, nous avons vu fuir devant nous des hordes de rappeurs et sous-rappeurs cherchant désespérément un Corail libre, voire une Merco à voler, certains tellement affolés qu'ils en perdirent leur Air-Max et leur haut de survêt Lacoste. Nous imaginons ce que peut être pour vous l'obligation de fréquenter quotidiennement ce genre de sous-produits du marketing occidental. On m'a raconté l'histoire de cette prière interrompue par une bande anciennement de Sarcelles, surgissant à l'improviste dans une mosquée en s'imaginant que c'était un concert du Booba Nostalgic Crew.

« C'est pourquoi, pour faire la preuve de notre souci d'équité, nous vous proposons un accord complémentaire dhimmis contre rappeurs, nous vous faisons deux dhimmis pour un rappeur, conscient du fait qu'un rappeur coûte plus cher à élever qu'un bobo.

« Qu'en dites-vous ? »

Réponse unanime et immédiate des négociateurs musulmans : « Vendu ! »

Les tricoteurs

F lorence Sapirot entra d'un pas conquérant mais maladroit dans la salle de réunion où l'attendait le baron Lessière. Comme toujours, elle ne put s'empêcher de remarquer, avec une pointe d'envie, l'allure indéniable que ce vieux beau, cet héritier fin de race passablement dégénéré, avait conservé, et ce, malgré la cinquantaine bien sonnée. « Où en serai-je à ce moment-là ? », se demanda-t-elle intérieurement. La réponse lui vint très naturellement : « Je ne serai certainement pas belle à voir, botox ou pas ! »

Elle soupira et s'assit à côté du nobliau. En face d'elle se tenait Chantal, la consultante d'Ogilvy France, célèbre pour les conseils judicieux qu'elle avait prodigués pendant sa campagne électorale à Gogolène Princesse, la nouvelle Présidente de la République - élue après l'assassinat du poulain du Boston Consulting Group, Nick Nécrozi.

Chantal commença sans transition la présentation de son rapport. Elle avait été engagée, quelques mois plus tôt, pour assurer un transfert de compétence entre le patronat américain et le MEDEF, Mouvement des Enfoirés de France. Florence Sapirot avait en effet noté, comme la plupart de ses collègues, les remarquables progrès faits par les entreprises américaines en matière de compression des coûts salariaux, dans la foulée de la suspension des libertés démocratiques après la révolte fiscale.

« La clef du succès, » expliquait la consultante, « c'est la féminisation de l'encadrement. Avec les nouvelles lois de protection des femmes, il est devenu extrêmement dangereux pour un ouvrier masculin de s'en prendre à sa supérieure hiérarchique. Or, depuis la loi française dite de *surparité*, transposition directe dans le droit français du Female Power Act voté par le Congrès américain (transposition imposée par la directive européenne de la commissaire Amandine Bottin), ce qui est vrai aux Etats-Unis l'est désormais aussi en France. Vous devez donc renforcer la féminisation de vos équipes dirigeantes, et ainsi, toute rébellion sera tuée dans l'œuf, car vous n'imaginez pas à quel point, pour un homme qui a grandi et vécu dans cette civilisation, l'opposition physique à une femme relève d'un caractère transgressif absolu – et pratiquement aucun mâle, aujourd'hui, n'est plus capable de l'assumer. La féminisation implique un effet inhibant garanti, et c'est très exactement ce dont nous avons besoin actuellement. Vous devez mettre des femmes en haut des organigrammes et, excusez-moi madame Sapirot, plutôt jeunes et jolies. Faites comme CNN et LCI : prenez des animatrices ! »

La consultante jouait sur du velours en prônant une mise au pas social sans douleur. En effet, le Pouvoir prenait désormais toutes les précautions nécessaires, depuis l'assassinat du président Nécrozi. Certes, officiellement, ce dernier avait été tué par un groupe d'extrême gauche se faisant appeler « Action Directe Renaissance ». Mais dans certaines officines du renseignement, on n'hésitait pas à parler d'un complot ourdi par quelques transfuges de la droite d'affaires, effrayée par le caractère beaucoup trop imprévisible et brutal de Nécrozi.

Cependant, le baron Lessière vivait assez mal cette relégation de la gent masculine. Malgré tout, lui aussi était issu du monde ancien, et à certains égards il en était encore l'incarnation. Même s'il avait rompu avec le capitalisme de papa et s'était laissé totalement happé par la virtualisation des rapports de classe au rythme où sa propre entreprise se faisait absorber dans le mouvement général de financiarisation de l'économie, il gardait au cœur la nostalgie secrète du bon temps du comité des forges.

« Tout de même... », fit-il, avant d'être brutalement coupé par Florence Sapirot.

« Ah, il n'y pas de tout de même ! Taisez-vous, Lessière, laissez-moi parler ! », hurla-t-elle, instantanément hystérique.

Lessière se tut. Depuis que Nécrozi avait été sorti du jeu pour n'avoir pas atteint les objectifs que lui avaient fixés ses promoteurs, même au plus haut niveau, les dirigeants étaient astreints à une certaine prudence – au moins de façade.

« Nous devons sauver les apparences, » lança Sapirot, « c'est vital. Donc pas le choix : en avant pour la féminisation définitive du monde de l'entreprise ! »

*

En quelques mois, alors qu'au sommet de l'Etat, Gogolène Princesse retirait à Gérard Larbalète, président du

Sénat, les quelques leviers de commande qu'il s'entêtait à conserver depuis son intérim à l'Elysée, dans toutes les entreprises d'une certaine taille, l'organigramme fut féminisé à 80 %, puis à 90 %. Et puis, dans certains cas, à 100 %, lorsque les cadres masculins entrèrent dans le quota de transsexuels... Beaucoup d'hommes comprirent en effet que le seul moyen d'accéder à des hauts postes, dans les grandes entreprises, était désormais d'accepter la table d'opération. Nombreux furent d'ailleurs les homosexuels à se porter volontaires, à tel point qu'un chirurgien de renom s'installa dans le Marais, où la clientèle ne manquait pas : son agenda était complet pour les deux ans à venir.

Evidemment, sur quelques blogs extrémistes rancis et moisis, les éternels insatisfaits soulignèrent que la féminisation, paradoxalement, était devenue le cache-sexe de la lutte des classes la plus brutale – une feuille de vigne d'autant plus efficace qu'elle mimait les formes de ce qu'elle dissimulait. Mais fort heureusement, grâce à la loi dite de protection des minorités sur Internet, ces commentaires nauséabonds et malfaisants furent retirés promptement et les hébergeurs poursuivis en justice. Un Comité des Vigilant-e-s se mit d'ailleurs en place pour veiller au strict respect et à la dignité de la personne humaine, tous deux fort malmenés sur ces sites Internet scandaleusement fascistes, où de sinistres individus se livraient à une surenchère permanente dans la provocation la plus basse et la plus gratuite (pas de noms, ne faisons pas de publicité à ces gens-là !).

Peu à peu, les grèves disparurent, les syndicats, déjà mal en point, suivirent le mouvement, et la France entière connut une phase de déflation salariale jamais égalée, tandis que tout son tissu économique se calquait sur le même modèle : des entreprises toujours plus tertiarisées, dirigées par des top executive women encadrant des hordes de working girls chargées de faire tenir tranquille la valetaille masculine. Mais... comme toujours, il y eut un mais ! Quelques fieffés réactionnaires, lecteurs d'auteurs aussi profondément machistes que Marx, Proudhon et Lénine, commencèrent à conspirer contre la vaginocratie cosmopolite. C'est ainsi que naquit le mouvement des *tricoteurs*, véritable société secrète, club « contre »- révolutionnaire qui devait s'avérer plus redoutable que le parti bolchevik et l'Armée Rouge réunis...

Les tricoteurs recrutèrent ce qu'ils appelèrent des « contre-poisons ». La première recrue qu'ils trouvèrent fut une modeste caissière de Carchan. Lasse de travailler de nuit soixante heures par semaine depuis une récente directive européenne, Fatima, c'était son prénom, bascula définitivement dans la « dissidence » après avoir appris que le PDG de Carchan était parti avec un golden parachute de plusieurs dizaines de millions d'euros, alors même que le cours de son action se trouvait au nadir – et c'était ce même PDG qui avait juste avant refusé à ses caissières une mirobolante revalorisation des tickets restaurant à hauteur de... un euro.

Après Fatima, les tricoteurs contactèrent Maria, ex-femme de ménage des grands hôtels parisiens. « J'ai travaillé dix ans au Carlitz, » expliqua-t-elle, « ce Cinq Etoiles si prestigieux, et pourtant tellement immonde. » Maria avait été témoin de tous les trafics possibles et imaginables, à l'intérieur de ce palace. Elle racontait avec dégoût comment elle avait vu un prince saoudien faire venir de la banlieue parisienne de jeunes maghrébins pour finir tranquillement ses soirées – ce même prince saoudien qui avait fait la promotion des décapitations dans son pays, en particulier les décapitations d'homosexuels ! Elle racontait encore comment elle avait assisté aux balais incessants de riches entrepreneurs occidentaux, et notamment de pétroliers, qui venaient faire des courbettes à ce pédéraste sanguinaire. Mais le plus invraisemblable fut cette scène où elle reconnut, sans hésitation aucune, un des rois de l'armement français, venu discuter avec le pétro-saoudite de futurs contrats, et notamment de la vente d'avions de chasse dernier cri. Et bien sûr, Maria avait pu constater que depuis les nouvelles lois dites de « surparité », rien, absolument rien, n'avait changé en coulisse, dans les couloirs du Carlitz.

La troisième femme était une ancienne top-model néerlandaise nommée Neve Polder. Voilà une décennie, cette dernière était une véritable étoile des podiums les plus courus de la planète. Milan, Paris, New-York tous les lieux symboliques de la Haute Couture se l'arrachaient. Les plus grands de la mode la réclamaient sans cesse.

Mais un jour tout s'effondra.

Invitée vedette d'une émission de variétés hebdomadaire pré-enregistrée intitulée « Tout le monde la ferme ! », elle mit clairement en cause les pratiques de son employeur, la toute-puissante agence Sommet. Elle décrivit par le menu comment de très jeunes filles, notamment en provenance des pays de l'Est, étaient embarquées dans des parties fines après avoir été soigneusement droguées à leur insu. Dans ces orgies se côtoyaient des hommes politiques, des princes héritiers, des stars du show-biz, des grands patrons....

Elle-même avait été violée à plusieurs reprises. Elle expliqua : « J'étais leur jouet. Lorsque je subissais leurs sévices, j'étais comme sous hypnose ». Elle parla d'un programme, d'une technique de manipulation mentale rappelant très clairement un procédé de *mind control*.

Bien entendu cette scène fut coupée au montage mais la Presse s'en fit l'écho. Cependant, plutôt que d'enquêter sérieusement sur les accusations de la jeune femme et de vérifier la véracité ou non de ses propos, les journalistes préférèrent s'inquiéter de la « *santé mentale* » de la topmodel.

À tel point que leur zèle épurateur eut pour conséquence l'internement rapide de Neve...

Grâce à un avocat brillant, elle fut sauvée in extremis des griffes des psychiatres qui voulaient l'enfermer de façon définitive. Ce ténor du barreau avait été dépêché par une des seules figures de la mode qui n'avait pas lâché Neve. Un moyen-oriental parfaitement installé dans le milieu avait en effet totalement approuvé les dires de l'ex-reine des couvertures de magazine. Ce qui faillit lui coûter cher, puisque ses ennemis tentèrent de le faire passer – cynisme suprême – pour un violeur de jeunes femmes. Fort heureusement, ces allégations mensongères et calomnieuses se dégonflèrent très vite, et Neve fut libérée.

À la sortie de l'asile, les anciens bourreaux de la jeune femme achetèrent son silence en lui permettant d'enregistrer un album de variétés sans aucun intérêt artistique. Mais ce qu'ils ignoraient c'est que secrètement Neve n'avait jamais enlevé de son esprit un profond désir de vengeance. Et lorsqu'elle fut contactée par les tricoteurs, elle n'hésita pas un instant. Elle, l'ancienne top-model, rejoignit la caissière et la femme de ménage dans ce qui allait devenir la révolution des *culottées*, les femmes des *tricoteurs*.

*

La première action des culottées fut de participer à un conflit social avec occupation d'usine, un des rares conflits qui restaient possibles, puisque l'usine en question, un fabricant de fibres optiques, présentait la particularité d'avoir une main d'œuvre féminine à presque cent pour cent. Quand le cortège des salariés se présenta devant l'immeuble directorial, un cordon de cadres féminins se déploya sur le perron.

« Vous ne pouvez pas nous toucher, » lancèrent les cadrettes, « nous sommes des femmes et la loi nous protège ! »

« Nous aussi, » lança Maria, « on est des femmes, espèce de salope, et tu vas voir si on peut pas te toucher ! »

S'ensuivit une mêlée confuse, avec force crêpage de chignon, où les coups de sac Vuitton répondirent avec férocité aux tentatives d'étranglement perpétrées à l'aide de sacs Carchan recyclés pour l'occasion. Du fond du cortège, les rares ouvriers masculins encourageaient leurs collègues : « Vas-y, Ginette, mords-y l'œil ! » Et du haut de l'immeuble directorial, le seul cadre masculin restant dans l'usine, un représentant du fond de pension californien actionnaire principal, lança, d'une voix tendue : « Marie-Chantal, défendez-vous ! »

Ce même cadre n'eut que le temps de s'engouffrer dans son hélicoptère, posté sur le toit de l'immeuble, lorsque les culottées, endiablées et profitant de la loi du nombre, envahirent les locaux avec la ferme intention de castrer le seul cadre qui pouvait, pour des raisons physiologiques, être victime d'un tel acte. Et c'est ainsi que la direction de cette entreprise fut contrainte à un accord salarial coûteux – un désastre, du point de vue des actionnaires, une amputation de leurs précieux dividendes.

Cette action des culottées ne fut que la première étape d'une longue série de combats victorieux et d'actions marquantes. Confronté à ce mouvement inattendu qui remettait en cause les résultats précédemment obtenus grâce à la politique de féminisation tous azimuts, le MEDEF (Mouvement des Enfoirés de France) tenta de trouver une parade à ce revirement inattendu. Florence Sapirot demanda conseil à un cabinet spécialisé dans les coups tordus, « Berg and Nolton », et pour tenter de débaucher les culottées, une armée de gigolos fut recrutée sur les conseils avisés de Massimo Gaga, jet-setter sur le retour mais au carnet d'adresses bien rempli. Ces jeunes gens bien sous tout rapport, des « fils de » pour la plupart, costauds de banlieue pour quelques-uns, furent, hélas pour le MEDEF (Mouvement des Enfoirés de France), totalement inefficaces. Econduits brutalement tant par Maria et Fatima que par une Neve qui en avait vus d'autres, ils ne purent que constater une fois de plus ce que tous les hommes constatent depuis que le monde est monde : « il est sensiblement plus difficile de mener une femme par la chatte qu'un homme par la bite » – dixit le comité central du mouvement des tricoteurs, des gars bien placés pour en parler...

Cette fois, le MEDEF (Mouvement des Enfoirés de France) était obligé de jouer son va-tout. Puisque la carotte n'avait pas fonctionné, il utiliserait le bâton. La répression s'abattit sur le mouvement des culottées, avec férocité et efficacité. Mais pas suffisamment : les trois meneuses de la révolte étaient toujours en liberté, et après avoir flingué sans trembler l'ancien PDG de Carchan, fait sauter la voiture du nabab de la mode Charles Champducamp et empoisonné avec un tube de vaseline truqué un certain prince pétro-saoudite de passage à Paris pour y rencontrer un businessman texan, elles appelèrent à un soulèvement général alliant toutes les travailleuses et tous les travailleurs.

Ce fut un immense cortège qui se mit en marche vers le palais de l'Elysée et le siège du MEDEF (Mouvement des Enfoirés de France). Bientôt, la foule en colère, après avoir retournée la police en sa faveur (et surtout après avoir garanti l'impunité à quelques huiles de la place Beauvau), s'empara de Gogolène Princesse, et la conduisit sans ménagement à l'échafaud.

Au pied de la guillotine, les tricoteurs attendaient. Quand le couteau s'abattit sur la lunette, l'un d'entre eux, plus sensible que les autres, sursauta nerveusement.

« Arrête de faire ta femmelette, » lui lança son voisin. « La révolution est en marche, et rien ne pourra l'arrêter. Nous avions tué le père, il nous restait à zigouiller la mère. Désormais, nous allons nous occuper des rejetons… »

Scandale final

D
ick était ravi de voir à quel point les « vacanciers », comme il les appelait, partout à travers le camp de la FEMA, pouvaient se battre comme des chiffonniers, malgré le peu de forces qu'il leur restait, quand il plaçait un big mac au milieu de l'espace promenade. Son jeu favori consistait en effet à mettre le hamburger au milieu de la cour, à placer des détenus affamés à chaque extrémité, à tirer en l'air avec un pistolet de starter, et à observer la ruée vers le ketchup.

On s'amuse comme on peut. Ne jugeons pas son comportement, tout le monde a son petit hobby.

En matière de malfaisance, Dick en connaissait un rayon, lui qui avait commis tant de massacres en Irak, lorsqu'il travaillait pour Black Water, avant de se reconvertir dans le bâtiment pour une filiale d'Halliburton, chargée de construire à travers tout le pays, ou plutôt ce qu'il en restait, les camps de vacances d'où l'on ne revenait jamais. Il n'avait jamais bien su pour qui il travaillait réellement et dans quel but, mais se livrer à des atrocités était en quelque sorte devenu son passe-temps favori. Savoir à quoi cela pouvait bien servir : voilà une question purement politique, et qui donc ne le concernait nullement.

Il avait une tendresse particulière pour Bush et Cheney, ainsi que pour Obama et Rahm Emanuel, ces hommes de bien, comme il les qualifiait – des hommes qui avaient rendu son bonheur possible. Et là, debout sous le mirador central, observant les détenus avec un incommensurable mépris et une haine d'autant plus grande qu'il n'aurait pas su l'expliciter, il jouissait quotidiennement du spectacle désopilant de ces ex-obèses encore bien gras de mauvaise graisse, qui se ruaient maladroitement vers le sandwich ex-américain dégoulinant du pire cholestérol.

C'est alors qu'entra dans le camp, par la porte ouvrant sur la voie ferrée et sous l'œil attentif des dizaines de caméras de surveillance, une superbe berline, telle qu'il n'en avait pas vue depuis bien longtemps. Sortit du véhicule un vieillard chenu, très dégarni, avec un petit air timide de professeur d'université, un genre de vieux lettré parcheminé. Dick s'approcha à pas lents, après avoir vérifié que son badge, « Camp manager », était bien apparent.

« Hello ! », lança-t-il. « Je suis Richard Host, le boss de ce lieu idyllique. À qui ai-je l'honneur ? »

Puis il se tut, interdit. Derrière le vieux bonhomme venait de jaillir du véhicule le général Weissfuss, le plus haut gradé de l'OTAN pour la zone d'union nord-américaine – qui réunissait depuis peu Canada, ex-USA et Mexique.

Instantanément, Dick se mit au garde à vous et lança un vibrant « Hail Ramobama ! » en joignant ses deux poings devant son visage.

Négligemment, le général Wiessfuss leva la main droite pour un rapide salut que d'aucuns auraient pu mal interpréter.

Le général Weissfuss était un héros pour Dick, depuis qu'il avait écrasé de la façon la plus terrifiante qui soit, et avec une délectation non feinte, la tentative de séparation menée par les néo-zapatistes dans le Chiapas mexicain. Survenue après que le gouvernement de Mexico eut accepté la fusion des trois anciens Etats nord-américain dans l'Union nord américaine (UNA), simple copier-coller en pire de l'Union européenne, cette sécession avait failli remettre en cause le projet – mais Weissfuss y avait mis bon ordre !

C'était encore le travail de Weissfuss dans le Vermont qui avait fait de Dick un aficionado du plantureux général au treillis toujours impeccablement froissé – un travail accompli de main de maître après la proclamation de la loi martiale qui fit suite à l'effondrement du dollar, et à une série d'attentats terroristes que beaucoup, à l'imitation du très conservateur Alan Keyes, qualifièrent très rapidement d'opérations sous faux drapeau.

Après la mort soudaine et suspecte de Keyes, dans des conditions qui rappelaient étrangement celle de Vincent Foster quelques années plus tôt, la seconde république du Vermont fut proclamée par les adeptes de Thomas H. Naylor, lors de la commémoration de l'antique indépendance de cet Etat toujours frondeur. Aussitôt, Weissfuss organisa la répression avec habileté, frappant les sécessionnistes adeptes du « Small is beautiful » d'Ernst Schumacher, pour mieux imposer le point de vue de leurs faux alliés favorables eux aussi à un éclatement des USA, mais dans les seuls intérêts oligarchiques – une démarche dont la traduction parfaite fut, précisément, la constitution de l'UNA, sur les décombres des USA.

Juste après la proclamation de la seconde république du Vermont, ce petit Etat du nord fut très vite rejoint par d'autres mouvements séparatistes comme le Hawaï Kingdom, le Texas Nationalist ou les survivalistes du Maryland – et là encore, Weissfuss géra la situation à sa manière, c'est-à-dire avec une efficace brutalité. Toutefois, la partie ne se passa pas exactement comme prévu avec les Texans, non plus qu'avec tous les réseaux issus de la League of the South. Dans le Montana aussi, l'affaire dégénéra jusqu'à une véritable nouvelle guerre de sécession – une guerre qui, à l'heure où nous écrivons ces lignes, a atteint son paroxysme.

Mais malgré son échec relatif dans le Montana et au Texas face aux milices solidement armées, Weissfuss restait un modèle pour les hommes comme Dick. Il avait tout de même réussi à « transférer » vers les camps de vacances de la FEMÀ tous les membres de Christian Exodus, ainsi que ceux du Middlebury Institute – sans compter ceux de l'American Secession Project. Et puis, l'échec du général dans le Montana, pensait Dick, n'avait été rendu possible que par l'absence de réaction des autorités de Washington à la loi 246 du 15 avril 2009, une loi introduite par le représentant local républicain du comté de Livingston, Joel Boniek, puis ratifiée par le gouverneur démocrate Brian Schweitzer – une législation locale qui stipulait que les armes et munitions fabriquées dans le Montana échappaient désormais à la réglementation fédérale…

Il faut dire que les habitants du Montana, comme ceux de beaucoup d'autres Etats, n'avaient pas oublié les propos prononcés le 15 mai 2007 par Rahm Emanuel devant l'assemblée annuelle de Stand Up For a Safe America. Celui qui n'était pas encore le big boss de la Maison-

Blanche, mais qui était déjà surnommé « Rahmbo », avait déclaré durant cette conférence sponsorisée par le Brady Center, que si votre patronyme était inscrit sur la liste des interdictions de vol pour possible menace terroriste, vous ne devriez pas être autorisé à posséder une arme. Or, en septembre 2007, l'inspecteur général du Département de la Justice avait signalé que le Terrorist Screening Center comptait plus de 700.000 noms, et que cette liste s'allongeait de plus de 20.000 noms par mois !

Beaucoup d'Américains analysèrent évidemment cette sortie comme une claire remise en cause du second amendement et comme une volonté à peine masquée de désarmer les citoyens - dans le but évident, mais aussi inavoué qu'inavouable, d'empêcher toute résistance de la population, en cas d'atteintes graves à la Constitution ouvrant la porte à la mise en place d'une tyrannie…

Cela, combiné avec la création de cellules paramilitaires clairement encouragée par l'administration Obama peu après son arrivée aux commandes à Washington, avait mis le feu aux poudres…

Bref, toute une histoire que Dick avait vécue jour après jour, dans les troupes de choc de la FEMA, attendant son heure pour devenir, enfin, le « camp manager » qu'il avait toujours rêvé d'être.

Et qu'il était enfin devenu !

*

Le vieillard chenu s'approcha de Dick et d'une voix douce teintée d'accent français, il se présenta : « Professeur Raufisson, consultant pour la FEMA. »

Le général Weissfuss ajouta, d'une voix bourrue : « Le professeur vient de sortir d'un camp européen, on lui a offert une remise de peine en échange d'une abjuration totale de ses thèses non-conformistes et négationnistes. Il va maintenant mettre ses compétences à notre service. Son travail est d'auditer le processus d'action spéciale conduit ici, sous votre responsabilité, et qui, vous le savez, ne se déroule pas au rythme prévu. S'il ne donne pas satisfaction, vous lui faites rejoindre les rangs des vacanciers. C'est compris ? »

« Sir, yes, sir ! »

Dick escorta Raufisson dans ses quartiers, non sans avoir jeté un coup d'œil à la cour pour vérifier qui avait remporté la course au hamburger. Comme d'habitude, c'était ce vieux congressman tout sec, le seul à courir vite vu son absence de surcharge pondérale, le docteur Ron Paul. Dick haussa les épaules, amusé de voir que le seul à ne pas maigrir était aussi le seul à être entré maigre.

Raufisson demanda les plans du camp et les étudia avec minutie.

« Où sont vos chambres à gaz ? Je ne les vois pas sur les photos ? »

Il faut dire que le camp était immense. C'était par wagons entiers que chaque jour, de nouveaux vacanciers venaient remplir les baraquements, à tel point qu'on manquait de place, et que certains étaient contraints de dormir dans des tentes de la marque Inca.

Raufisson sembla très amusé lorsque Dick lui raconta que c'était un Français qui avait gracieusement offert ces tentes – un certain Auguste Lepetit, ex-Sancho Panca qui avait longtemps « combattu la misère des sans-logis », avant de se reconvertir en zélé partisan du Nouvel Ordre Mondial, lorsqu'on lui promit un rôle de premier choix dans la première superproduction des studios de New Jerusalem, installés dans l'Arizona, et nouvelle Mecque des blockbusters nord-américains…

Devant le sourire discret de Raufisson, Dick marmonna, pour le principe : « Fucking frogs ! »

Mais il n'insista pas. Après tout, si ce vieux franchouillard avait des lumières sur l'Action Spéciale, il valait mieux l'utiliser comme expert, avant de l'utiliser comme cobaye !

D'un index négligeant, Dick désigna au professeur l'emplacement du site d'action spéciale.

Le vieux Français s'exclama : « Ah, c'est ça… Et dire que je me suis trompé toute ma vie… J'étais sincère, en disant que je ne les voyais pas… »

Dick haussa les épaules.

« Tout le monde peut se tromper, doc ! »

Raufisson se leva avec une vivacité que lui-même ne se connaissait pas.

« Bon ! », dit-il, « montrez-moi tout ça in vivo – enfin si j'ose dire… Depuis le temps que je réfléchis à la question, c'est bien le Diable si je ne peux pas vous aider. »

Dick conduisit le Frenchy jusqu'à l'espace hygiène, derrière les barbelés, après les baraquements des femmes.

Raufisson déchiffra l'inscription qui barrait l'entrée sombre, à l'ouest du bloc de béton.

« Ensemble, pour une hygiène tendant vers la perfection ! »

Dick lui expliqua, d'une voix douce : « C'est un slogan de motivation connu pour être celui d'une de nos plus grandes chaînes de fast-food. Ça leur inspire confiance, vous comprenez ? »

« Je comprends très bien, » murmura Raufisson, visiblement pensif.

Un garde se planta au-dessus du bloc hygiène, et fit signe à la sentinelle de lever la barrière à l'entrée de l'enclos. Aussitôt, sous la surveillance d'une dizaine de paramilitaires FEMÀ tenant en laisse des pitbulls noirs, un groupe de vacanciers s'avança jusque devant l'entrée des douches.

Le garde expliqua, d'une voix posée, que chaque vacancier allait recevoir une savonnette, et que la douche collective durerait un quart d'heure approximativement. Les vacanciers, pour l'essentiel des sécessionnistes, des syndicalistes et une plâtrée d'Américains rednecks parfaitement ordinaires, dont certains arborant un badge « Alex Jones », écoutèrent le discours sans mot dire.

Raufisson crut aussi reconnaître un politicien américain connu pour avoir refusé de voter un plan d'aide aux pauvres banques en difficulté.

Seul un rabbin exhibant le look traditionnel des Juifs ultra-orthodoxe, qui se trouvait là mêlé à la foule, prit la parole pour lancer d'une voix stridente : « Ah non, pas encore ! C'est pas vrai… » Un garde s'approcha de lui et poussa son chien, lequel montra les crocs. Le rabbin baissa la tête et se tut.

Raufisson scruta les rangs des victimes promises à l'abattoir. Aucune personnalité connue. Des gens ordinaires, tout simplement. Catholiques, protestants, juifs, musulmans, bouddhistes, ou tout simplement rien de précis, pour beaucoup…

La foule pénétra dans le bloc hygiène, passive et résignée. Visiblement, peu de vacanciers avaient vraiment cru au discours rassurant qui venait de leur être tenu. Mais ils marchèrent quand même, retrouvant les réflexes moutonniers que des années de queue au fast-food leur avaient inculqués. Bientôt, les lourdes portes de la salle de douche se refermèrent sur le troupeau promis à l'holocauste.

« Je peux aller voir à travers le hublot ? », demanda Raufisson. « Simple curiosité scientifique, » ajouta-t-il.

« Je vous en prie, » fit Dick, qui s'ennuyait ferme et commençait à douter des compétences professionnelles de cet expert improvisé.

Raufisson se planta devant le hublot percé à travers les portes étanches.

« Vous êtes sûr que ces portes sont vraiment étanches ? », interrogea-t-il, avec une pointe d'anxiété dans la voix.

« Bien évidemment qu'elles le sont, » répondit Dick. « C'était prévu dans les plans, j'ai vu le cahier des charges, tout est nickel. Ne vous inquiétez pas. »

La procédure commença. Raufisson regarda à travers le hublot, puis il s'en éloigna, visiblement écœuré.

« C'est vraiment très moche, » fit-il.

Dick ricana : « C'est vrai. Quand je pense au gaspillage de gaz par rapport aux normes de l'installation, c'est très moche. Tant de gaz pour des catholiques même pas confessés, des protestants même pas bosseurs, des Juifs même pas riches, des femmes même pas manucurées, des… »

« Je parlais de l'aspect moral, » grommela le prof.

Dick éclata de rire.

« Hahaha, ces Français, toujours le mot pour rire ! »

*

Après la visite guidée, Dick ramena Raufisson au quartier-général. Comme il avait pris l'habitude de le faire avec les visiteurs, il proposa à son invité un en-cas, et comme d'habitude après un passage au bloc hygiène, l'invité refusa.

« Bon, » fit le vieux Français, « alors écoutez, je vais vous dire pourquoi ça ne fonctionne pas. Toute votre installation est à revoir. Vous n'êtes pas au maximum de vos capacités. Sur un plan logistique, c'est lamentable. Vos ingénieurs ont copié ligne par ligne, point par point, les plans d'Auschwitz. Et ces crétins vous ont vendu ça en prétendant que le rendement serait identique à celui du camp d'origine. Mais c'est idiot. Là où les Allemands avaient des corps décharnés et maigrelets, dignes d'un séropositif en fin de cycle, vous, vous traitez des Américains genre WASP basses classes, à peine sortis d'une cure thermale à Vichy. Résultat : vos clients occupent individuellement une surface au sol trois ou quatre fois supérieure à celle de leurs prédécesseurs européens. Forcément, vous avez moins de monde par fournée, et donc un rendement beaucoup plus faible à la fin de la journée. »

« Très juste constat ! », s'exclama Richard Host, pour qui soudain tout semblait clair.

« Je vois deux solutions finales », continua Raufisson. « Là, on va régler La Question Américaine. Vous les laissez maigrir beaucoup plus longtemps, et vous pourrez en mettre plus par fournée. Ou alors vous changez de concept pour adopter la méthode des chambres à air. »

« Les chambres à air ? », demanda Dick, la voix pleine d'espoir. « De quoi s'agit-il ? »

Raufisson soupira.

« Eh bien, voilà : c'est élémentaire, mon cher Host. Vos patients, vu leur masse corporelle, occupent pratiquement tout le volume dans la salle de douche. Une fois qu'ils sont entrés, tout l'air est expulsé. Donc au lieu de verser du gaz par les conduits, bouchez ces mêmes conduits. Au bout de quelques minutes, il n'y aura plus un atome d'oxygène à respirer dans la salle, et ils mourront asphyxiés. Vous aurez le même rendement que jusqu'ici, mais vous économisez le gaz. »

Host réfléchit quelques instants.

Il murmura, pensif : « Vous êtes gonflé de me proposer ça... »

Puis il trancha, d'une voix sèche : « Mais va pour les chambres à air ! »

Raufisson maugréa, alors que Host lui signait son certificat de libération : « Et dire qu'il a fallu que je le voie de mes yeux pour le croire. Comme quoi, la rigueur scientifique... Enfin, cette fois, on pourra vraiment dire qu'il n'y avait pas de chambres à gaz !»

Que sont-ils devenus ?

David R. Baruch : Lors du naufrage de la Cité Volante, tout le monde pensait que le vieux banquier était passé de vie à trépas. C'était mal connaître le personnage et son incroyable baraka. Après avoir nagé jusqu'à un cargo indien, en réalité un navire de contrebandiers diamantaires affrété par un ami à lui (chargement officiel : mobil-homes tout confort), Baruch grimpa à bord à la force des poignets. Une fois installé parmi les matelots, il constata leur dénuement et, toujours serviable, proposa un système de microcrédit qu'il encadra à titre bénévole. Lorsque le navire accosta, la dette de l'équipage à son endroit avait dépassé la barre des dix millions de dollars.

Grâce à ce capital, Baruch put rapidement monter une banque d'affaire à New Dehli, et il travaille maintenant comme conseiller financier auprès du gouvernement indien. Tout va bien pour lui, il passe d'ailleurs actuellement ses vacances chez lui, à Eilat, et s'apprête à s'envoler pour l'île Moustique rejoindre ses amis les stars.

Ulrich Mengeler : Comme Baruch, le vieux savant germanique a survécu au naufrage. Recueilli par un sous-marin chinois envoyé sur zone spécifiquement pour le récupérer, il travaille maintenant comme conseiller spécial dans un Lao Gai destiné uniquement aux savants, à Pékin même. Sa grande distraction est d'aller observer la relève de la garde devant la Cité Interdite, et les touristes s'amusent à l'entendre marteler le pas de l'oie des sentinelles de « Eins Zwei » vigoureux. Il est persuadé que le grand empire chinois réussira, là où le minable III° Reich et le trop incohérent pouvoir mondialiste richistanais ont échoué. Ses recherches sur le Surhomme se poursuivent, à la grande satisfaction des pontes du PCC. Fidèle à ses convictions, il s'est récemment félicité de l'inexplicable et soudaine explosion de l'antisémitisme en Inde.

Les Dupont-Royal de la Timbrière, *parents du jeune Nwâr Jean-Kevin abattu par un père de famille odieusement opposé à l'ouverture à l'Autre* : Ces Français tolérants organisent des stages de rééduc... euh, de citoyenneté, au cours desquels ils font part de leur douloureuse expérience à leurs élèves, des patrons de bistrot et des chauffeurs de taxi odieusement fascistes, racistes et xénophobes, nostalgiques des heures les plus sombres de notre histoire. Le père de famille a été déclaré président honoraire de la HALDE et décoré par le Reichsminister... euh, le président de la Haute Autorité Ludwig Swissair. Les stages sont payants, et 80 % des revenus vont à la famille Dupont-Royal de la Timbrière. La mère pense se présenter à la présidence de SOS Racisme, il paraît que c'est jouable si elle accepte à son tour de se noircir.

Serguéï Ayoubchof : Patron de bistrot, vient d'être condamné à un stage de citoyenneté donné par madame Dupont-Royal de la Timbrière. Il dit attendre l'année 2048 avec impatience...

Babakar : Acquitté par la justice républicaine sous les vivats, Babakar est toutefois actuellement en cellule, ayant depuis son acquittement agressé une caissière, une femme de ménage et une ex-top model (qui se contentaient de demander une augmentation de salaire pour des ouvrières en grève).

Pierre-Michel Bourworka : Devenu président de l'Ecole des Hautes Etudes en Sciences Sociales, PMB a survécu au court gouvernement populaire des tricoteurs et des culottées. Il vient d'être décoré de la Légion d'Honneur, en compagnie de son ami l'avocat Emmanuel Jidov-Mosenberg, pour « actes héroïques et faits de résistance à la dictature fasciste des Tricoteurs ». Ils avaient en effet établi un gouvernement provisoire de la République française en Israël. PMB et EJM déclarèrent : « Nous nous devions de garantir la pérennité de l'idéal démocratique français ».

Emmanuel Jidov-Mosenberg : Ministre de la Justice du gouvernement Elisabeth Guigou, il fit passer des lois telles que la répression de la canophobie pour les propriétaires de chien trop violents à l'égard de leur animal de compagnie. Titulaire du Mérite Agricole au nom de sa lutte contre les souffrances animales, il est l'auteur d'un film documentaire sur la politique israélienne très mesurée dans les territoires occupés : « Ce soir, je loue une chambre à Gaza, ce club-med manqué ».

Rudy Brandt : Après la révolution conduite par les Banan-Banan qui chassa du pouvoir l'ethnie Bouga-Bouga et son éminence grise Lord Chamberlain, notre ami calviniste a vu sa famille massacrée par les Osdanlenés. Ceux-ci ont en effet argué des souffrances subies pour s'affranchir de tout respect humain, et se sont livrés aux pires exactions… Après une période d'abattement bien compréhensible, ce boer entreprenant a cependant inventé le concept novateur du trailer park – gated community, un réseau caravanier ambulant à travers l'Afrique, où le laager est reformé tous les soirs, « comme au bon vieux temps, » dit-il. Apparemment, il s'est très bien remis de ses souffrances, surtout depuis que son ami Samuel Rubinstein, par l'entremise de Lord Chamberlain, a importé en Europe le concept du Ghetto à roulettes, après les terribles persécutions antisémites qui suivirent la chute de la Cité Volante.

Monseigneur Di Falcone : Ce catholique progressiste bon teint s'est fait récemment remarquer pour sa décision d'admettre les chiens à la communion, après la loi anti-canophobie qui fit la gloire de la France.

Tony Montanar : Après la chute du Richistan, Tony le Macho fut récupéré in extremis par une section du MI6, très impliquée dans la lutte contre la culture du pavot en Afghanistan (province d'Helmand). Les agents de renseignement ont utilisé son expertise pour commercialiser... euh, lutter au mieux contre ce trafic néfaste que d'aucuns, jamais avares d'une calomnie, estiment servir à renflouer les banques britanniques à court de liquidités.

L'émir Fakh : recueilli par un navire iranien, a été livré à un régime arabe progressiste. À fini ébouillanté, castré, découpé en rondelles, écorché vif, écartelé (nous ne garantissons pas l'ordre exact des opérations).

Le baron Lessière : voyant que les méthodes de Florence Saripot atteignaient franchement leurs limites, décida avec quelques-uns de ses amis de l'UIMM de mettre fin à ce qu'il appelait « le problème Saripot ».

Florence Sapirot : est morte d'une chute dans l'escalier principal du MEDEF après le dévissage impromptu de son talon-aiguille. L'autopsie n'expliqua jamais la large cicatrice qui barrait sa gorge, trois centimètres sous le menton. Les médecins conclurent qu'elle avait dû ricocher malencontreusement sur la pointe de son talon-aiguille.

Neve Polder : après avoir été agressée par un jeune homme victime de discrimination et récemment blanchi par la justice, fit un petit séjour dans une principauté méditerranéenne pour « régler ses comptes avec un salaud qui avait abusé d'elle quelques années avant son bref internement ». Las, elle n'eut pas le temps de croiser son bourreau, ayant été victime d'une overdose d'héroïne. On s'étonna de la retrouver avec huit seringues plantées dans le bras.

Jef Drejean, *odieux fasciste assassin de l'héroïque Jean-Kevin Dupont-Royal de la Timbrière* : fut traité avec respect et déférence dans une variante française des camps de vacances de la FEMA.

Le professseur Raufisson : Relaps après avoir rédigé une thèse intitulée « Pourquoi je crois que les chambres à gaz étaient des chambres à air », le professeur français a à nouveau abjuré après avoir été prié de prendre quelques vacances dans un camp de la FEMA. Il donne à présent des conférences sur le thème : « Claude Lanzmann, le plus grand cinéaste de notre temps », ou encore « Arno Klarsfeld, lumière de la pensée occidentale ». Ses dernières publications, « L'invasion de l'Allemagne par la Belgique en 1939 » et « Histoire du bombardement atomique de Los Angeles par le Japon en 1945 » ont provoqué une querelle d'historiens sans doute exagérée.

Richard Host : Après le renversement du gouvernement Rahmobama, Host a été jugé devant le tribunal de Ground Zero pour crimes contre l'humanité. Comme il fut prouvé qu'il avait totalement ignoré les appels à la modération de son supérieur le général Weissfuss, il fut pendu devant le Rockefeller Plazza.

Le général Weissfuss : écopa de dix ans de prison après que les troupes russes eurent pénétré en Amérique. Libéré au bout de trois mois, il a fait fortune en commercialisant ses mémoires : « FEMA, le grand malentendu ».

Paul Toulemonde : Après un bref passage dans une cellule de reclassement mise en place par la maison de l'emploi de la Défense, cet ex-trader devenu conducteur de char pendant la guerre civile a regagné ses pénates bancaires, où il fait bénéficier son employeur de son expérience du management acquise dans l'armée. En plus de spéculer en toute quiétude sur les denrées alimentaires et les produits de premières nécessités, il s'adonne désormais avec maestria au boursicotage sur les produits pharmaceutiques, et plus particulièrement sur les vaccins antigrippaux. Il a pleinement profité du « grand bond en avant » de l'industrie pharmaceutique après la grippe méga-porcine et la grippe super-aviaire, pandémies qui provoquèrent une véritable hécatombe et dont l'origine reste encore mystérieuse.

Salomon Sandowicz : Cet ancien rabbin est sorti miraculeusement rescapé de la dernière fournée de victimes des camps de la mort de la FEMÀ à avoir été traitée au gaz Zyklon-B. Il s'est depuis reconverti dans le terrorisme international anticapitaliste. Aux dernières nouvelles, on l'aurait aperçu à Eilat, traînant autour de la résidence sécurisée de David Baruch, comme s'il cherchait un moyen d'y pénétrer par effraction…

Postface

Notre monde est divisé en trois grandes zones :

- Des pays riches, de moins en moins démocratiques, où des oligarchies corrompues et corruptrices règnent sur des masses progressivement abêties. C'est le monde des hommes sans Surmoi, des consommateurs qui ne produisent plus grand-chose et des femmes sans enfant.

- Des pays émergents, pas du tout démocratiques, où des oligarchies corrompues, mais pas forcément corruptrices, règnent sur des masses réduites en esclavage. C'est le monde des Surmoi inhumains, des producteurs qui vivent mal et des enfants sans enfance.

- Des pays pauvres, où la notion même d'Etat n'existe que de manière très épisodique. Dans ce monde-là, de loin le plus dur, mais pas forcément le plus laid, des oligarchies corrompues, corruptrices et elles-mêmes asservies dominent des masses entretenues dans la misère et l'ignorance. C'est l'univers des dictatures tempérées d'anarchie, de la survie et des enfants affamés.

Donc, en résumé, notre monde est d'une infinie laideur. Et forcément, vu que nous aurions très largement les moyens de le rendre beau, la question qui vient à l'esprit, c'est : *la faute à qui ?*

Naturellement, la réponse spontanée, du détroit de Behring au cap de Bonne Espérance, d'Ushuaia à Vancouver et du café de Flore aux lambris de l'Elysée, c'est toujours : *la faute aux autres !*

Les Noirs sont pauvres ? C'est la faute des Blancs ! Les Jaunes sont réduits en esclavage ? C'est la faute des capitalistes ! Les Juifs se sont fait massacrer ? C'est la faute aux Allemands ! Les Palestiniens se font massacrer ? C'est la faute aux Juifs !

Gageons que si demain les rapports de force s'inversent, les Blancs paupérisés accuseront les Jaunes de les avoir spoliés, les Juifs chassés d'Israël dénonceront le pogrom perpétré par les Arabes, etc. On n'en sortira jamais, tant qu'on dira : *c'est la faute aux autres.*

Alors, la faute à qui ?

*

À un premier niveau de lecture, juste un tout petit peu plus fin que *la faute aux autres*, on a envie de répondre : *la faute aux dominateurs.*

C'est déjà moins faux.

Où l'on s'aperçoit que David Baruch et Ulrich Mengeler ont presque tout en commun.

Où l'on réalise encore que ces personnages hors norme ne sont pas *particulièrement* sympathiques.

Mais...

Mais ça n'explique pas tout.

Au fond, David Baruch et Ulrich Mengeler ne sont pas grand-chose. Un givré illuminé qui confond le judaïsme avec l'idolâtrie de l'argent, et un abruti déshumanisé qui confond l'humanité avec une souris de laboratoire ! Ces deux marioles ne peuvent, à eux deux, à eux seuls, rendre notre monde aussi laid qu'il l'est. Leur contribution au désastre est, certes, de premier ordre. Mais à elle seule, elle n'explique pas tout.

Il faut croire qu'il y a d'autres coupables.

Où l'on y regarde de plus près, et où l'on se rend compte que Babakar n'est rien – juste un imbécile, violent parce qu'il n'est pas assez malin pour voler sans frapper. Mais où l'on se rend compte aussi que PMB l'arriviste, par contre, est *quelque chose*. Où l'on réalise qu'il ne demande qu'à prêter son concours à EJM, le David Baruch au petit pied. Et, dirait-on, c'est là que se noue le drame.

Haha, on avance.

Ainsi, sous les dominateurs, une autre catégorie de coupables apparaît : les mous-salauds, comme les appelle si justement l'excellent Marc-Edouard Nabe. Les voilà, les petits soldats de l'ignominie : ils ne sont pas mégalos, à la différence des hilarants duettistes Baruch/Mengeler. Ils ne veulent ni le triomphe du Peuple Elu, ni la victoire de la Race des Seigneurs. Plus modestement, ils veulent, passeznous la trivialité du constat, de l'argent, des putes et l'ivresse du pouvoir.

Et ils sont innombrables, ces mous-salauds.

En haut de la structure sociale, ils sont politiciens, aux ordres de la Banque – comme Nicolas et Ségolène. Ceux-là, au moins, assument leur cynisme.

Dans les classes moyennes, ils ont plutôt les réflexes grotesques des Dupont-Royal de la Timbrière. Dominateurs qui n'assument pas leur statut, ils cherchent à se donner le beau rôle. Leur grand jeu ? Confisquer la figure christique de l'opprimé, comme ces Tartuffe qui, jadis, dans l'ancien monde catholique, mimaient la contrition pour cacher qu'ils se comportaient en parasites.

Les mous-salauds de la classe moyenne sont ce qu'il y a de pire dans notre monde. C'est le petit cadre vicieux qui regarde avec mépris l'ouvrier mis au chômage par la concurrence asiatique. C'est ce même petit cadre vicieux qui, ensuite, se rue dans un magasin pour acheter un gadget quelconque, fabriqué par des ouvrières chinoises de douze ans, traitées comme des esclaves. C'est, surtout, encore ce petit cadre vicieux qui, les jours d'élection, vote pour un parti prônant la *tolérance*, c'est-à-dire la déportation de la main d'œuvre bon marché, et *l'ouverture au monde*, c'est-à-dire le libre-échange inéquitable.

Le mou-salaud sait-il qu'il est ignoble ? On aimerait pouvoir répondre que non, qu'il est inconscient, c'est tout.

Mais ce ne serait pas vrai.

Le mou-salaud sait bien de quoi il retourne, allez.

Il le sait très bien.

*

Ici, une objection surgit : si les mous-salauds sont ignobles et le savent, pourquoi n'assument-ils pas franchement leur ignominie, à la manière des Baruch, des Mengeler et consorts ?

La réponse tient, pensons-nous, dans un constat très simple : le mou-salaud aime rêver qu'il est un dominateur, mais au fond, il détesterait l'être en *réalité*.

Prenez ces traders défoncés à la coke qui ont si bien ruiné notre économie qu'il n'en restera bientôt plus rien. De toute évidence, leur mode de pensée tant individuel que collectif est tout à fait comparable à celui qui peut animer une horde de pillards.

Mais, comme le dit si bien Paul Toulemonde, le mou-salaud, fût-il trader, dût-il prendre son pied en écrasant les gens sous la machine financière comme on lamine une infanterie par une attaque de chars, le mou-salaud a besoin de *travailler en équipe*. Au fond, ce qui lui plaît, ce n'est pas de dominer, *c'est de faire partie du camp des dominateurs*.

Il est fatiguant d'être dominateur. Cela suppose, voyez-vous, qu'on accepte d'expérimenter la liberté. Le vrai dominateur, qu'on le veuille ou non, n'est jamais dénué de noblesse. Même un David Baruch, à sa manière, est admirable à force de détermination et d'audace. Même un Mengeler, aussi cruel que soit ce constat, peut être *grand*. Et même à l'étage en-dessous de la pyramide du pouvoir, même chez des ordures comme Fakh, Montanar ou Krakowski, il existe une forme de démesure qui, on doit le reconnaître, n'est pas donnée au premier venu.

Le mou-salaud est bien incapable de cette détermination, de cette audace, de cette grandeur tragique qui, depuis toujours, caractérise les dominateurs, les *vrais* dominateurs. C'est pourquoi il cherche à profiter de la mécanique de domination, sans être lui-même dominateur. Il n'en est pas capable.

Il faut bien dire que le mou-salaud, à tout prendre, est le vrai problème. C'est lui, le coupable principal. S'il n'était pas là, le Richistan n'existerait pas.

*

Et demain, qu'adviendra-t-il ?

Nous débarrasserons-nous enfin des mous-salauds ?

À cette question, on peut répondre, sans hésiter : non, évidemment non.

Il est possible, bien sûr, que les camps échangent les rôles, au grand jeu de la domination. Les pogromés de ce matin seront, très probablement, les pogromeurs de demain soir. Rudy Brandt verra sa famille massacrée par les Osdanlenés, mais il n'en sortira aucune justice. On verra, très vite, surgir au Négrongo un Mengeler et un David Baruch, et le duo reconstitué n'aura aucun mal à recruter d'innombrables mous-salauds fortement colorisés. Tout aura changé, mais rien n'aura changé. Voilà tout.

Et même les meilleurs, même les plus purs, finiront dans la peau d'un mou-salaud, s'ils ont le malheur de rejoindre le camp des gagnants. Cela se fera tout seul : ils sursauteront quand le couperet s'abattra sur le cou de Gogolène Princesse, et un dominateur, assis à côté d'eux, leur exposera le programme, aussitôt : « On va se faire les rejetons, ne fais pas ta femmelette ! »

Et puis, ils seront obligés de *dealer, dhimmis contre pétrole* s'il le faut. Ainsi va le monde...

Donc ne vous inquiétez pas pour Mengeler : il ne manquera jamais de mécènes prêts à financer ses recherches en farces et attrapes. Et ne vous bilez pas davantage pour David Baruch : il en a vu d'autres ! À bientôt pour de nouvelles aventures !

Alors c'est foutu ? – Mais non, rien n'est foutu.

À force de rendre le monde laid, nous arriverons au point où sa laideur se *verra*. C'est-à-dire que *tout le monde* la verra. Qu'il le veuille ou non.

Alors, et alors seulement, les mous-salauds s'endurciront parce qu'ils connaîtront la souffrance – et donc ils cesseront d'être salauds.

Ils seront confinés sur cette planète, à eux confiée par un Dieu malicieux, comme dans une gigantesque *chambre à air*. Ils ouvriront la bouche comme un poisson qu'on vient de sortir de l'eau, et ils ne pourront pas crier. Ils se dilateront les narines et ils ne pourront pas respirer. Alors, et alors seulement, ils seront *conscients*.

Ce jour-là, et ce jour-là seulement, Ulrich Mengeler et David Baruch reviendront sur terre. Il n'y aura plus de Richistan. Plus personne ne voudra construire le surhomme, parce qu'on aura réussi l'homme.

Mais en attendant, on va en chier…

Éditions Le Retour aux Sources

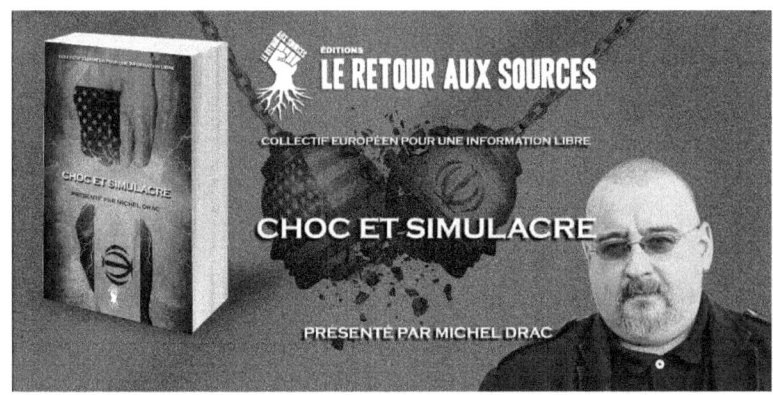

www.leretourauxsources.com